COLLECTION SÉRIE NOIRE
Créée par Marcel Duhamel

Parutions du mois

MOULOUD AKKOUCHE

Avis déchéance

nrf

GALLIMARD

À la mémoire de mon père, dit « Da Hamimi », qui roupille à perpète dans sa terre rouge.

Pour le rire de Martin.

Pour Charles et Fanchon.

« L'enfance, je l'ai enfouie
au fond des nuits.
À présent, lame invisible,
elle me coupe de tout. »

« Vie d'un homme »
de Guiseppe Ungaretti

«Mieux protégé aussi par la vie de
famille et par ses goûts paisibles contre
les vices et les doctrines perverses qui
agitent les villes, il mène ordinairement
une existence digne, heureuse et indé-
pendante. »

« Notions élémentaires d'agriculture
et d'horticulture » Par F.F
Chez les éditeurs
TOURS / PARIS
Alfred Mame et fils / Ch. Poussielgue

PROLOGUE

Nuit du 29 octobre 1994, Lot.

Dès que le type commença à pisser contre le mur, deux silhouettes jaillirent de derrière un 4×4 et se précipitèrent vers le portail.

— Arrêtez ! beugla-t-il en accélérant sa manœuvre.

Le bruit d'une escalade répondit à son ordre. Et une tête apparut très vite au sommet de la grille. Comme dans un Guignol géant.

— Grouille-toi, Sam ! cria Manu, le plus rapide.

Sam, un petit gros maladroit avec une capuche sur la tête, grimpait en soufflant comme un phoque.

Le type remonta sa braguette en catastrophe et fouilla dans la poche de son blouson. « Putain ! », grommela-t-il en se maudissant d'avoir quitté son poste de garde à peine trois quarts d'heure avant d'être relayé.

Personne n'avait réussi à s'échapper en trois ans...

« Je vais les choper », se ressaisit-il et il pointa sa lampe sur les visages des deux ados.

— Arrêtez ! brailla-t-il à nouveau.

Manu franchit souplement le portail et cavala sur le chemin caillouteux.

Plus que quelques centimètres de sa laborieuse ascension et Sam serait lui aussi libre. Lorsque, brusquement, il cessa de grimper. Il jeta un bref coup d'œil de l'autre côté de la grille. Puis il se retourna.

Aveuglé par la lampe, il ne pouvait voir l'arme mais sentait sa présence. Comme aimanté par le canon invisible... Son corps était pris en tenaille par une subite et insoutenable fatigue. Tandis que son pote taillait la route, lui, il restait scotché contre le portail glacé. « Qu'est-ce que tu branles ? ! », se demanda-t-il sans pourtant faire le moindre geste.

Lorsque le type fit un pas, Sam sursauta et reprit son ascension.

La détonation rebondit de falaise en falaise.

Sam hurla : un seul cri englouti par la nuit.

Il lâcha prise un dixième de seconde... Le sol à trois mètres. Il réussit de justesse à s'agripper au portail. D'un geste instinctif, il plaqua sa main gauche sur sa blessure. Et la lampe à nouveau braquée dans la gueule ! Pris de panique au contact du sang qui pissait abondamment, il s'essuya sur son jean et chiala. Que foutaient tous ces gens sous son crâne, la plupart perdus de vue depuis des années. Même son enfoiré de père était là ! Une nouvelle déferlante inonda ses joues. Il se mit à trembler, un tremblement de plus en plus intense.

Malgré la douleur et la trouille qui tissait leur toile dans son ventre, il réussit à se hisser plus haut. Et prendre appui en gémissant pour passer une jambe...

Le type accourut vers le corps tombé avec un bruit étouffé par l'herbe.

« Bouge pas ! », beugla-t-il.

Il pointa sa lampe sur le gosse étendu sur le dos.

Le visage poupon encore grimaçant émergea alors

12

de la nuit comme d'une gigantesque couette noire. Ses yeux grands ouverts ne clignèrent pas à la lumière.

Le type retourna le corps d'un pied méprisant.

Après avoir refermé le lourd portail derrière lui, il pénétra dans les épais massifs de buis camouflant l'entrée tel un rempart végétal. Un bruissement attira son attention. « Je le tiens ce fumier », pensa-t-il, un sourire aux lèvres. Il s'arrêta et dirigea lentement sa torche vers sa droite. Un lapereau affolé bondit sur le côté et détala. Déçu mais déterminé à rattraper le fuyard, il reprit sa fouille du labyrinthe de buis. En vain. Il s'approcha alors du muret de pierres sèches longeant le champ, se pencha et inspecta derrière. Et s'engagea sur l'étroit sentier emprunté par le gosse pour se faufiler à travers bois.

Sur le sentier, il ne trouva aucune trace du petit salopard qui allait le faire hériter d'une sacrée enguculade. Pourtant il ne pouvait avoir beaucoup progressé en pleine nuit.

À cause d'une ridicule pause pipi, toute l'organisation pouvait se casser la gueule.

Il se sentit honteux et furieux de s'être laissé entuber par les deux gosses. « Hervé, t'es qu'un naze ! se flagella-t-il, vraiment qu'un naze ! » Toutefois, il ne tarda pas à se calmer en se déchargeant d'une part de responsabilité sur les dirigeants de l'organisation : un seul chien pour un domaine de cinq cent dix hectares et un système de vidéo interne tellement inefficace que même un SDF n'en équiperait pas son carton. Pourtant lors de plusieurs réunions, il avait tenté de les prévenir des risques d'évasion mais, chaque fois, ses remarques furent noyées dans leurs interminables discours. S'il avait pu leur dire ce qu'il pensait de leur gestion sans bégayer, sans perdre confiance... très intimidé par leur culture. Surtout redevable à cause de la merde de laquelle ils l'avaient sorti ; sans leur aide, il serait resté à jamais un déchet alcoolique et camé.

« Ils vont m'entendre cette fois-ci », se promit-il, et il dévala la pente jusqu'à une petite route sinueuse située à une centaine de mètres en contrebas.

Il éteignit sa lampe. Adossé contre un arbre, il tendit l'oreille deux ou trois minutes.

Des phares balayèrent le rideau de peupliers devant la rivière, la falaise agrémentée de maisons troglodytes, se perdirent, réapparurent... Une partie de cache-cache au gré du tracé de la nationale.

Puis il reprit ses recherches.

Environ une demi-heure plus tard, un chien se précipita vers lui en aboyant.

— Dégage, Zoé ! gueula-t-il en continuant de traîner un corps pour le planquer.

Plusieurs fenêtres d'une imposante bâtisse en pierres de taille étaient éclairées. Une silhouette, le visage collé contre une vitre et la main en visière, fouillait la nuit. Des portes s'ouvrirent aux étages, d'autres fenêtres s'éclairèrent... Puis une cascade de pieds dans le grand escalier central.

Un barbu en robe de chambre surgit le premier sur le perron de la maison et cria :

— Tu l'as eu, Hervé ?

1

Novembre 94, Batreuil.

— Le bonheur se tape jamais d'heures sup, lui, pestai-je en démarrant. Pas comme moi !

« Tu pourrais avoir une petite pensée pour le malheur qui fait ses trois-huit sans râler », ironisa mon double chauffé par les demis au comptoir chez « DAN ET MOUSS ». Quelle merde de bosser encore à l'heure où P.P.D.A. ruminait ses dernières infos, à l'heure où les types seuls resteraient jusqu'à la fermeture du bistrot, à l'heure où le banquier ne téléphonerait plus pour mon découvert, à l'heure où j'aurais aimé être ailleurs... « En petit ailleurs », gloussa mon double revenu me cannibaliser depuis plusieurs mois.

Sept minutes moins une cigarette plus tard, je garai la bagnole devant le 63, rue des Marbriers.

D'agréables odeurs de cuisine flottaient dans l'étroite entrée de l'immeuble. Sans laisser le temps à mes narines de profiter des effluves épicés et de taquiner mon estomac pour rien, je vérifiai le nom sur la boîte aux lettres. DASILVA : 6e étage gauche. Évidemment, l'ascenseur était resté coincé dans le cerveau de l'architecte ! La main sur la rampe, je respirai un grand coup avant de me coltiner la montée.

La cage d'escalier se mit tout à coup à trembler comme si un géant frottait ses pieds sur un paillasson de lilliputien. Un adolescent grassouillet, une casquette bleue vissée sur la tête, dégringola les marches. Je m'effaçai pour laisser la boule boutonneuse rouler jusqu'à la rue.

Par la porte entrouverte de l'appartement, je vis les agents en uniforme bavardant au milieu d'un amas de meubles et objets renversés.

Dès qu'il m'aperçut, le brigadier enjamba une colline de cassettes vidéo et s'approcha de moi. C'était un homme grand et maigre, les tempes grisonnantes ; une moustache très fine sur ses lèvres pincées accentuait l'austérité de son visage. Il marchait toujours lentement comme s'il comptabilisait chacun de ses pas, au cas où un énarque envisagerait un jour de les déduire de la feuille d'impôts ou de les ajouter aux points de retraite.

— Il est là, dit-il.

Je hochai la tête et suivis l'escargot.

La chambre était spacieuse, tapissée d'un papier marron aux rayures blanchâtres. Les matelas et les oreillers étaient éventrés, les tiroirs d'une imposante commode et les quelques étagères fixées au mur entièrement vidés de leur contenu, des photos déchirées, la terre d'un pot de fleurs renversée, des vêtements jonchaient le parquet. Éparpillés aussi des magazines féminins et de « l'homme moderne », des *Paris-Turf*, ainsi qu'un tas de papelards administratifs. Seul le téléphone posé sur le manteau de la cheminée avait échappé à la tornade.

Le corps d'un homme d'une quarantaine d'années, les poings verrouillés entre ses cuisses musclées, était

16

recroquevillé à moitié nu sur les lattes. Son cou très fin orné d'une pomme d'Adam proéminente contrastait avec ses larges épaules de rugbyman et sa tête carrée. Son crâne comme soudé à la plinthe. Une touffe de cheveux bruns cachait un œil. Les manches retroussées de son peignoir dévoilaient de solides avant-bras dont un portait un tatouage : un cheval avec une crinière rouge.

Le grésillement d'une radio qui dégueulait de la techno m'agaçait. Usant de mes prérogatives, je demandai au brigadier de faire cesser cette attaque en règle de mes oreilles plus habituées au blues et au rock, mais aussi à mon inavouable inclination pour la variété française. Joe Dassin, Dalida... Un reste de mon éducation par la radio sur la table de la cuisine.

Le brigadier cria :

— Eh ! Didier ! Tu peux arrêter la radio !

Je demandai au sauveur de mes oreilles :

— Qui a prévenu ?

— Sa femme.

Avec une grimace, je m'agenouillai et débutai un examen attentif du cadavre.

Le sang continuait de couler, goutte à goutte, et entourait sa tête comme une marée montante isolant peu à peu le rocher. Les dégâts occasionnés par la balle dans la tempe étaient impressionnants : un gros calibre. Aucun autre impact sur son corps. Une seule balle bien placée.

Mais il avait subi un sacré tabassage avant d'être abattu à bout portant. Son visage était tuméfié. Ses arcades éclatées. Des dents cassées entre ses lèvres ouvertes et fendues. Et la peau de sa joue labourée par des ongles, des ongles longs. Pas rongés comme les miens.

— Il a été vachement esquinté.

— Ils l'ont même cramé avec des cigarettes, précisa-t-il en désignant la poitrine.

Je pris mon calepin et entamai l'archivage de l'histoire de cet homme. « Quand on est flic, me serinait un instructeur de l'école de police, un cadavre n'est rien d'autre qu'une bagnole en pièces détachées. Une bagnole démontée, plutôt déssoudée par un autre, ajoutait-il avec un sourire cynique, et qu'on doit remonter patiemment. »

Le brigadier, attendant très sagement la fin de ma petite rédac, marmonna :

— Ils voulaient le faire parler.

— À voir son état, ironisai-je, ça ne devait pas être pour avoir un tuyau sur le Quinté plus.

Il grimaça et lâcha :

— Ouais.

Prenant de court le silence prêt à bondir, je pointai mon doigt sur le désordre :

— Ils ont fouillé toutes les pièces de l'appartement ?

— Toutes. Même le frigo a été renversé.

— Effraction ?

— Non.

Comme si mes membres s'étaient soudain alourdis au contact de cette masse de chair épinglée au sol, je me relevai péniblement. Je pensais pourtant être immunisée depuis longtemps contre ce genre de scène. Au fond, j'étais chaque fois déstabilisée, chaque fois émue. Émotion en pointillé. La mort d'un homme ralentit la vie de ceux qui restent ; elle rend toute chose dérisoire ; elle abolit les notions d'espace et de temps ; elle déplace la réalité et place momentanément notre existence sous une lumière nouvelle, rendant ridicules nos angoisses quotidiennes...

« Arrête de philosopher, Nassima, ce n'est pas ton

métier ! », m'engueulai-je. Mon double effrayé s'éclipsa. Et je redevins le commissaire Benarous.

— Où est sa femme ?

Le brigadier se racla la gorge.

— Elle a fait une crise de nerfs. On a été obligé de la transporter d'urgence à l'hôpital.

Sans vérifier s'il s'agissait d'un endroit fumeurs, j'allumai une cigarette et lui tendis le paquet.

— Je fume plus, Nassima, bredouilla-t-il, mal à l'aise.

La révélation de ce grand fumeur de Gauloises me coupa le souffle.

— Et ouais, ajouta-t-il, le médecin a trouvé mes poumons dans un très sale état. J'ai même dû suivre plusieurs séances de cobalt à l'hôpital de Montfermeil. Je peux te dire, c'est pas drôle du tout, l'ambiance là-bas.

J'évitai de croiser le regard de ma cigarette et tirai une longue bouffée. Deux paquets par jour représentaient ma ration journalière. Alors que jusqu'à l'âge de vingt-deux ans, je ne fumais pas et ne buvais pas une goutte d'alcool : époque de ma médaille d'or universitaire en athlétisme.

J'écartai le rideau et posai mon front contre la vitre. Les murs donnant sur la cour intérieure du bâtiment étaient encore plus délabrés que la façade, fendus par de longues lézardes. Seule une gouttière semblait avoir été récemment remplacée. Le revêtement de la courette éclaté en de nombreux endroits profitait allègrement aux mauvaises herbes. S'y côtoyaient des bouteilles vides rangées le cul en l'air dans un cageot pourri, un V.T.T. sans selle, une roue de vélo sans vélo, une robe rouge gonflée par le vent sur un fil tendu au rez-de-chaussée.

Un couple de vieillards, les visages tellement ridés

que seul le carbone 14 aurait pu donner une indication sur leurs âges, se penchait sur un balcon. Dès qu'un uniforme de flic débarquait quelque part, les voisins se bousculaient pour picorer deux ou trois miettes du malheur d'autrui. Les momies réintégrèrent très vite leur sarcophage deux-pièces pour terminer leur repas ou noter les résultats du Loto.

Je demandai :

— Elle est à l'hôpital de Batreuil ?

— Oui.

Je rangeai mon calepin.

— Il y a Gauthier dans le couloir. Il est nouveau, explique-lui pour le transport au service médico-légal et tout le tremblement.

— T'inquiète pas, Nassima, je vais le tuyauter, le nouveau. Au bout de tant d'années, je commence à bien connaître le système pour les macchabées qu'on se coltine.

Il se tut et se gratta le front.

— D'ailleurs, me confia-t-il avec un air réjoui, je suis vraiment très pressé d'arriver à la fin du mois pour oublier tout ce merdier et taquiner les anguilles sur les bords de Loire. C'est très bon, sautées dans une poêle avec de l'ail et des fines herbes...

Cette soudaine volubilité du brigadier, habituellement taciturne et d'une totale discrétion sur sa vie privée, me surprit. Peut-être les signes avant-coureurs de la retraite ?

J'interrompis sa recette :

— C'est bien Dasilva Arthur, son nom ?

— Oui.

J'écrasai mon mégot dans un cendrier posé sur le rebord du radiateur.

— Tu as son portefeuille ?

Il acquiesça d'un signe de tête et revint avec un sachet en plastique.

— Tout est là-dedans, Nassima.

La carte d'identité était froissée. Je comptai l'argent : 4 000 F en liquide. Plus une carte bleue, et un chéquier avec trois chèques utilisés. Je conservai le portefeuille et un répertoire couvert d'une écriture maladroite.

— Tu donneras le reste à Gauthier.

— D'accord.

— Tu as interrogé sa femme avant de l'envoyer à l'hôpital ?

Il toussa, une violente toux grasse qui convoqua tout son sang à ses joues.

— Non, répondit-il lorsque ses poumons l'autorisèrent à parler, elle était dans un trop sale état. Elle a même dégueulé...

Les mains dans les poches, je commençai à arpenter la chambre.

— Et les voisins ?

— Personne n'a rien vu, rien entendu. À part la radio...

Je triturai le petit morceau de bois que je trimballais depuis le début de l'après-midi puis repris mon marathon silencieux dans les quelques mètres carrés.

Le brigadier n'osait pas me déranger. Il frottait ses mains en dansant d'un pied sur l'autre.

— Qu'est-ce que tu penses de cette histoire ?

Il prit sa casquette qu'il retourna un petit instant entre ses doigts.

— J'en sais rien.

Un petit blouson en jean paumé parmi les fringues d'adultes attira mon attention.

— Ils ont un gamin ?

— Oui.

— Où est-il ?

— Sa mère m'a dit qu'il était chez sa tante.

— La tante de qui ?

— Sa sœur à elle.

— Il a quel âge ?

— J'en sais rien...

Je ramenai en arrière une mèche de cheveux qui colonisait mon œil droit.

— Tu n'as rien constaté de particulier ?

— Non.

Je feuilletai le calendrier des pompiers accroché juste au-dessus du lit. Aucune annotation. La page de septembre représentait une demi-douzaine de pompiers affairés autour d'une bagnole couchée sur la route : une R5 ayant subi une cure d'amaigrissement en accéléré.

Je m'agenouillai à côté du cadavre et, un peu dégoûtée, je passai ma main sur son peignoir.

— Attends-moi là.

Le néon au-dessus du lavabo était resté allumé. La salle de bains avait été également visitée. Le contenu des étagères était entassé sur le lino. Une odeur de parfum très forte me fit tourner la tête. Je poussai du pied les serviettes et la petite poubelle blanche, tâtai le tapis de bain ; il était mouillé. Dasilva avait dû aller répondre à l'interphone, ouvrir la porte d'entrée, puis enfiler un peignoir et lever la bonde.

Assise sur le rebord de la baignoire, je notai en vrac mes déductions.

Avec l'intention évidente de me nuire, mes yeux s'attardèrent sur la glace de l'armoire. Comment un homme pouvait-il s'intéresser à une femme aussi mal fagotée que moi, aussi peu féminine ? Déjà, au collège, on me traitait de garçon manqué. J'étais néanmoins une excellente élève mais récoltais chaque trimestre un

22

zéro de conduite : héritage des nombreuses bagarres dans la cour de récré. Ma susceptibilité fleurissait en toute saison. Ma mère poussait des hurlements en me voyant débarquer avec mes vêtements déchirés et des coquards. Elle s'arrachait les cheveux en demandant au bon Dieu ce qu'elle avait bien pu commettre de répréhensible pour être affligée d'une fille comme celle-là.

Sur le seuil de la chambre, je lançai au brigadier plongé dans la lecture d'un *New-Look* :

— Bon ! Je file à l'hôpital.

Honteux, il bafouilla une parole incompréhensible et s'empressa de refermer son magazine.

Des empreintes de chaussures boueuses sur le plancher m'intriguèrent. Je souris en reconnaissant la forme de mes semelles — « sport mais élégante » — comme me l'avait assuré le vendeur : un beau type mais au sourire trop tiroir-caisse. J'eus un petit pincement au cœur en songeant que ces lattes de bois avaient aspiré les dernières empreintes des pieds nus d'un homme pour être recouvertes par les miennes.

Cet appart me collait dans une situation mentale que je n'aimais pas du tout. Il me ramenait dans un passé rongé par le doute. Un passé qui profitait de la moindre brèche pour remonter insidieusement à la surface.

Je me dirigeai vers Gauthier assis sur une chaise ; il posait pour un Rodin invisible. Je m'arrêtai dans le couloir et l'observai un petit instant en souriant. Le front plissé par une réflexion imperméable au reste du monde, il prenait des notes comme pour une soutenance de thèse.

— Gauthier, dis-je, je vous refile le bébé.

— Vous voulez parler du... dit-il avec son accent très prononcé du sud-est.

— Ouais. Moi, je vais m'occuper de la femme à l'hôpital. Vous prenez en charge tout ce qu'il faut faire ici.

— Entendu.

— Je vous fais confiance.

— Pas de problèmes ! fanfaronna-t-il.

Qu'est-ce qu'il pouvait me gonfler !

— J'ai des indices qui peuvent nous éclairer, ajouta-t-il avec un large sourire dévoilant une rangée de dents fluorées depuis la crèche. Tout est noté. Il faudrait tout d'abord...

— On verra plus tard.

— Entendu, balbutia-t-il, vexé.

Son visage poupon embouteillé de taches de rousseur, ses cheveux châtains coupés au cordeau, et ses lunettes rondes à la Cabu, lui donnaient un air de jeune étudiant timide. Une caricature parfaite. Il portait en plus un costard démodé depuis les incorruptibles de l'époque des cavernes.

— Vous y allez tout de suite, Benarous ?

Une nuit, nous avions prévu d'effectuer une descente dans un bar chaud de la rue de Paris. Suite au braquage en milieu d'après-midi d'un Crédit Lyonnais de Batreuil. Lors de notre débarquement, des putes buvaient un verre au comptoir avant d'occuper leur bout de trottoir respectif. Gauthier s'était approché d'un pas décidé de Fanny assise sur un tabouret, une black toujours escortée d'un énorme chien depuis sa rencontre avec un cutter nocturne, et il lui avait demandé sa pièce d'identité. Retroussant sa jupe et écartant ses cuisses, elle lui avait jeté une œillade en faisant frétiller sa langue sur ses lèvres, avant de lâcher de sa voix cassée : « Mon registre du commerce est là, mon p'tit chéri... » Nez à nez avec l'entrecuisse de Fanny, notre inspecteur de choc s'était mis à rougir. Tout le monde se marra dans le bistrot. Puis les filles lui avaient proposé très gentiment un dépucelage express et en solde. Furieux et honteux, il les aurait toutes embarquées si je ne l'en avais pas empêché ; je m'étais imaginé la tête du patron voyant débarquer une dizaine de putes au commissariat !

Gauthier venait tout juste de terminer son stage d'inspecteur et le patron m'avait chargée de le mettre dans le bain. Originaire d'un petit village du sud, il n'avait jamais connu de zones urbaines du genre de la banlieue est.

Sa façon d'éviter soigneusement de croiser mon regard, de chercher ses mots avant de m'adresser la parole, ses toussotements embarrassés, témoignaient de sa gêne à être dirigé par une femme. Comment raconter à ses potes de promo qu'il s'était fait former par une femme, et pour corser le tout : une Arabe. « Kabyle », rectifia mon double.

— À lundi, Gauthier.

*

La fraîcheur de la nuit assistée de sa complice, la fatigue, me firent frissonner.

Je jetai un dernier coup d'œil à l'immeuble éclairé par les gyrophares des deux cars, comme des guirlandes clignotantes sur un sapin de Noël. Le barbu tout de rouge vêtu n'était pas descendu du ciel ce soir-là et il transportait apparemment dans sa hotte un 44 Magnum.

Une tour très moderne en forme de cigare, entièrement vitrée, surplombait les vieilles usines désaffectées, squattées pour la plupart et qui accueillaient souvent concerts et expos. Ainsi qu'une faune qui carburait à l'héro, au crack, et à tous les rêves moisis par la came. Cette tour abritait sans doute des bureaux, elle tranchait avec la vétusté du quartier sous le coup d'une ZAC repoussée d'année en année à cause de problèmes de financement.

Des informations s'affichèrent sur la longue enseigne lumineuse qui déclinait le nom de l'entreprise :

EURO-PLUS
4/11/94
Température extérieure : 06°

Deux rues plus loin, je pianotai sur mon volant. Impatiente que le feu le plus long de toute l'Ile de France daignât me donner le feu vert.

La pensée du bon repas du lendemain égaya quelque peu mon attente. Au fil des ans, le déjeuner dominical chez ma mère s'était peu à peu imposé. Incontournable. Avec mes deux sœurs et mes deux frères.

Tous quatre autour d'IMA Benarous.

Envolé un matin d'hiver vingt-quatre ans auparavant, mon père ne nous avait plus donné de nouvelles.

Parfois, je pensais à celui qui me jeta sur l'échiquier social sans m'apprendre les règles. Pendant mon enfance, j'avais consigné dans un cahier d'écolier des kilomètres de phrases, phrases que je lui aurais très volontiers crachées à la gueule si je l'avais revu. J'avais brûlé ce cahier le jour de mon bac. Et avec le temps, je pensais avoir guéri. Mais à trente-cinq ans mes bras se refermaient toujours sur un vide. Et les hommes que je rencontrais étaient tous comme submergés par ces vagues d'absence qui me ramenaient inéluctablement vers lui.

Après avoir raté en beauté mes deux créneaux, je

me garai sur le trottoir. Devant une laverie automatique où une machine esseulée continuait de tourner.

L'hôpital était un immeuble gris tout en longeur. Il donnait l'impression d'un paquebot échoué parmi les nombreux pavillons surmontés d'antennes montant la garde.

L'amoncellement des nuages offrait comme un relief au ciel et épaississait la nuit. Pendant une longue minute, je restai les yeux tournés vers les réservoirs de pluie qui circulaient en masse compacte. Absente. Malgré cette espèce de mélancolie filtrant la réalité et les troubles qu'elle me léguait, l'automne était ma saison préférée.

Derrière son bureau métallique, un vigile interrompit sa lecture à mon coup de sonnette, il jeta un bref coup d'œil vers moi puis reprit son journal. Je sonnai une seconde fois. Il ne daigna même pas lever le nez de son canard. Je collai alors ma carte sur la vitre et, le doigt vissé sur la sonnette, je gueulai : « Police ! » J'avais horreur de jouer aux séries de la 6, mais mon rôle de composition eut un effet immédiat sur le vigile qui, les yeux comme des billes, s'empressa de m'ouvrir.

— Il y a environ une heure, attaquai-je, une femme nommée Dasilva est arrivée en urgence.

— Ouais, me confirma-t-il. Elle était en crise de nerfs... Elle n'arrêtait pas de gueuler « ils vont revenir ! ». Je vous dis pas...

— Où est-elle ?

— Au troisième.

— Je voudrais voir l'interne de garde.

— C'est au quatrième.

— On passe par la même entrée que la journée ?

Il tendit son index.

28

— Non. Vous allez jusqu'au bout du hall. Et vous tournez à gauche. Il y a l'ascenseur de service.

J'empruntai le long couloir vide.

Trop de miroirs dans une ville pour la même femme ! Ils auront ma peau. Celui de l'ascenseur-les pires-me renvoya un visage fatigué. Une sale gueule. Je passai la main dans mes cheveux en broussaille, histoire d'y mettre un peu d'*ordre*. Le lendemain, je n'allais pas couper aux sempiternels conseils de ma mère : ne bois plus, fume moins, trouve-toi un mari qui s'occupe de toi, ce n'est pas un boulot de femme.

La porte de la cabine s'ouvrit sur un couloir qui sentait la peinture fraîche.

Une infirmière poussait un chariot.

— S'il vous plaît !

Elle sursauta, un mélange de mécontentement et d'étonnement dans son regard. Elle ne devait avoir guère plus de vingt-cinq ans. Menue. Plutôt mignonne. Elle s'approcha de moi et me demanda les raisons de ma présence.

— Je suis commissaire de police. Je voudrais voir l'interne de garde ou un responsable.

Elle m'examina sous toutes les coutures avant de lâcher du bout des lèvres : « La première porte sur votre droite. » Puis s'éloigna à petits pas, une blouse blanche soudée à son chariot rempli d'ustensiles.

L'interne de garde, un petit gros avec un large front, était assis dans une salle encombrée de cartons et de trois armoires métalliques flambant neuves.

— Nous sommes en plein changement dans nos locaux, m'expliqua-t-il avec un geste circulaire. J'aurais préféré qu'on entame ces changements plus tard mais... mais...

Il ne cessait de farfouiller dans sa barbe rousse bien fournie. Sa manière de serrer les lèvres, froncer les sourcils, et pousser de profonds soupirs, donnait l'impression que tous les malheurs de la planète se filaient rencard chaque jour sur ses épaules.

— Je voudrais voir...

Il se racla la gorge.

— Le vigile m'a averti de votre arrivée. Il m'a prévenu que vous souhaitiez voir madame...

— Dasilva.

— Oui, me confirma-t-il, c'est ça.

Il se cala dans son fauteuil.

— Il faut que je la voie.

Derrière des lunettes aux verres aussi épais que la bêtise de l'animateur télé de votre choix, ses petits yeux étaient en proie à une sacrée agitation.

— Elle est sous tranquillisants.

— Je voudrais lui poser une ou deux questions.

Il se pencha sans un mot sur un gros registre ouvert sur son bureau.

Je réitérai ma demande.

Sans se soucier de moi, il acheva sa rédaction à la même vitesse qu'un môme de CP écrivant ses premiers mots. Ses leçons achevées, il referma avec une extrême délicatesse son stylo-plume et le posa en prenant soin de le positionner bien parallèle à son étui à lunettes. Il toussota dans son poing, croisa ses mains sur son bureau et leva interminablement ses yeux vers moi. Pas fini : il me fouilla du regard et s'humecta les lèvres avant de parler. DÉJÀ !

Il m'expliqua avec force détails que sa patiente avait été très affectée et tout le tremblement médical afin de repousser l'interrogatoire au lendemain.

— Je n'ai pas grand-chose à lui demander, dis-je, bien décidée à honorer mes heures sup.

Il vérifia la position de sa plume ornée d'un W.

— Je vous ai déjà dit qu'elle était sous des tranquillisants très puissants.

— On ne peut pas la réveiller ?

Il secoua la tête.

— C'est peine perdue. En plus, elle ne s'envolera pas, il y a l'un de vos hommes en faction devant sa chambre.

Les bras croisés sur la poitrine, j'observai avec un certain amusement ce petit bonhomme à l'air anxieux, bouffé par son bureau.

Il saisit une boîte qu'il balança d'un geste sec dans une corbeille au ventre bien tendu.

— J'ai horreur des boîtes vides ! grommela-t-il. Ma femme en met partout dans la maison, partout... Ah ! Qu'est-ce que vous me disiez déjà ?

— Mme Dasilva est peut-être réveillée, hasardai-je.

Il réprima un bâillement.

— Madame Benarous, dit-il, désolé, je vous assure qu'il vaut mieux que vous reveniez l'interroger demain.

La pendule murale marquait 21 h 40. Une demi-heure de perdue ! Je m'étais précipitée à l'hôpital pour éviter de revenir l'interroger le lendemain ; toujours beaucoup de mal à décoller de chez ma mère après le déjeuner. Encore un faux prétexte pour traîner dans la ville... Tout était bon pour que je recule le moment de rentrer chez moi.

— Je reviendrai demain ou lundi matin...

— Très bien... Je vous raccompagne jusqu'à l'ascenseur.

Lorsqu'il passa de l'autre côté de son bureau, je me retins de pouffer de rire à la vue de son feu de plancher à carreaux rouges dix centimètres au-dessus de la cheville.

— Au revoir, madame Benarous, dit-il en m'abandonnant une main molle.

3

La boîte de vitesses poussa un cri de douleur à la seconde où je passai justement la seconde. « Dès la semaine prochaine, me dis-je en bâillant comme une flic surmenée, je vais demander une révision complète de cette bagnole avant qu'elle ne me claque entre les doigts. »

Devant la porte de mon appart, je cherchai mes clefs au fond de mes poches... En vain. Agenouillée, je vidai alors mon marché aux puces portable sur le paillasson en râlant contre mon manque d'organisation.

Je jetai mon blouson sur le portemanteau, raté !, déposai mon arme sur la table et m'effondrai sur le fauteuil. J'ôtai mes chaussures sans défaire les lacets.

Débutaient alors mes profondes expirations et le massage rituel de mes paupières fermées. Gestes machinaux d'une journée dégonflée comme un ballon. Pchitt... Jusqu'au bip strident du réveil : signal du regonflage pour me taper une nouvelle ration d'heures.

Mon estomac vide mit fin au vagabondage de mon esprit. Celui-ci profitait immanquablement de la fusion de mon corps au fauteuil pour tenter de se faire la malle. « J'aurais dû m'acheter un merguez-frites rue de Paris », regrettai-je en constatant la solitude d'un minuscule bout de gruyère dans mon frigo. Sans pitié, je le glissai entre deux tranches de pain de mie à la date limite de consommation dépassée.

La victime était née à Lisbonne quarante-deux années plus tôt, un mois d'août comme moi. Son sourire crispé dévoilait une rangée de dents endeuillée d'un bout d'incisive. Une raie impeccable divisait son crâne comme une route bien droite entre deux champs.

Je le voyais : assis dans un Photomaton de supermarché, le dos raide dans sa veste étriquée qu'il ne cessait de rajuster, s'inquiétant de la bonne hauteur du tabouret, une ou deux mimiques pour trouver le bon masque, avant de guetter les flashes. Toujours très longues, les minutes d'attente qui succèdent. Pour tromper son impatience, adossé contre la cabine, il avait allumé une cigarette et reluqué les femmes qui passaient avec leurs caddies.

Je reposai sa carte d'identité et tournai lentement les pages de son agenda écrit dans un mauvais français. La plupart des adresses et numéros de téléphone correspondaient à des noms de Portugais résidant en France, Belgique et Portugal. La carte d'un vendeur de bagnoles et le tract publicitaire d'un restaurant de fruits de mer étaient retenus par un trombone. Deux prix étaient inscrits au dos de la carte de visite du concessionnaire automobile.

Une photo mal cadrée de Dasilva et d'une femme souriante, installés à une terrasse de café ensoleillée, était glissée dans le permis de conduire.

Le bras soutenant ma tête commençait à perdre patience.

4

La sirène du domaine des Maurilles s'arrêta et la vallée retrouva son silence.

Assis à l'intérieur d'une cazelle, Manu essayait de calmer sa respiration. Il avait couru une bonne demi-heure dans une nuit totale, le genre de nuit auquel il n'était pas habitué. Il avait fui droit devant lui, s'était blessé aux branches et avait trébuché, sur la terre caillouteuse, avec l'impression de ne pas avancer.

Une pensée fugace et sans grande tristesse pour Sam : pas du genre à devenir un grand pote. Mais ce fut le seul qui avait accepté de se barrer avec lui.

Les autres se contentaient de travailler sans moufter et de recevoir chaque jour leur dose de méthadone. Un troupeau docile, sevré de la came et de l'alcool, mais abruti toutes les cinq heures par de petites pilules.

Réveil à 6 h du mat, petit déjeuner de céréales et de lait de soja, à midi un déjeuner composé surtout de légumes, le soir le même genre de repas, et avant de se coucher, lecture de textes étranges. Les journées étaient encadrées par de gros bras très efficaces, spécialistes en arts martiaux, rien à voir avec les vigiles de grandes surfaces carburant à la mousse. Les types enfermés dans ce domaine totalement isolé avaient fini par s'y trouver moins mal qu'ailleurs : nourris, logés, décro, des journées planifiées et le grand air. Certains même auraient refusé de quitter cet enfer bien organisé pour retrouver une liberté en pointillé sur un banc de métro ou dans la rue.

Que pouvait souhaiter de mieux un SDF, tox, alcoolo, sans thune ?

Manu avait eu la même (absence de) réaction qu'eux, les trois premiers mois. Il avait tellement de fois décroché pour retomber, plus fort, plus profond. Il n'allait pas se plaindre pour une fois qu'il était complètement pris en charge : pas la moindre minute d'ennui, cette minute fatale où l'on se remet à dériver et qui ramène inexorablement dans les bras de la came. Depuis ses douze ans, l'âge de son premier shoot, il n'avait jamais arrêté plus d'un mois. Sa mère, sa grand-mère, les éducateurs de centres de désintox, avaient cédé les uns après les autres, telles des petites digues que le dealer balayait d'un geste. Pourtant, un espoir qu'il n'attendait, ni ne recherchait, l'avait pris en traître. Comme un type qui gagnerait au Loto sans jouer. Ce régime, certes forcé, lui était apparu comme le seul moyen de voir enfin le jour.

Malgré cette perspective, il avait recraché leurs abrutissants distribués toutes les cinq heures et décidé de se tirer.

— Merde ! murmura-t-il, et il se plaqua contre le mur de pierre.

La trouille lui essora de nouveau le ventre lorsqu'il entendit les pas.

À travers les pierres descellées, il aperçut les rayons de lumière des lampes qui fouillaient le bois de chênes. Environ deux cents mètres plus bas : au pied de la pente caillouteuse. Il regrettait sa halte. Mais jamais ses jambes n'auraient tenu plus longtemps. De plus, derrière lui, s'élevait la falaise impossible à gravir en pleine nuit.

Les cliquetis de leurs trousseaux de clefs et les grésillements de leurs talkies-walkies s'amplifièrent. Le quadrillage des torches se rapprochait. Ils n'étaient plus qu'à une vingtaine de mètres de sa planque. Il pouvait reconnaître la voix de certains de ses poursuivants. Surtout la grande gueule de Jean-Marie, le responsable de la sécurité.

Le rayon lumineux passa à quelques centimètres de Manu recroquevillé sur le sol.

Un aboiement.

— Il doit pas être loin ! beugla Hervé.

Soudain, Manu entendit un craquement et sentit une présence juste devant la porte.

Il tendit la main.

— C'est toi, Zoé, chuchota-t-il. Allez, viens... viens par ici.

Le chien s'approcha de lui en remuant la queue. C'était un beauceron d'une cinquantaine de kilos, une femelle dotée d'une sacrée mâchoire. Manu avait été chargé de lui donner chaque jour ses repas.

— Doucement... doucement, fit-il en lui caressant la tête, doucement mon chien.

Lorsqu'elle entendit le sifflement de son maître, Zoé se raidit et dressa les oreilles.

5

Le boucan infernal de la chasse d'eau fit écho à mon coup de sonnette. « J'arrive tout de suite ! J'arrive ! », s'écria ma mère avec son accent qui m'avait tant gênée durant mon enfance avant de me faire sourire.

Elle claqua la porte des chiottes et acheva de se vêtir dans le couloir.

— Qui c'est ? demanda-t-elle.

— La police, plaisantai-je.

— Ah ! C'est toi, Nassima, dit-elle.

Elle perdit un temps fou à ouvrir les innombrables verrous de sa porte. « La cité est moins sûre qu'avant », m'avait-elle expliqué quand elle avait demandé une porte blindée à l'O.P.H.L.M. Avant quoi ? Elle n'aurait su me répondre et je l'avais laissée avec ce bout de paradis perdu.

Elle m'embrassa et me libéra de mon blouson comme une vestiaire très pro dans une brasserie.

— Assieds-toi, ma fille.

C'était une femme menue, une nerveuse avec des yeux très tendres. Bientôt soixante-dix ans mais le temps n'avait guère balisé son visage. Seul son front plissé dévoilait quelques lignes de chemin de fer. Vêtue, été comme hiver, de robes aux couleurs criardes et coiffée d'un foulard gris lui donnant une bouille toute ronde. Souvent je songeais à ce que fut sa vie en Algérie, dans ce petit village juché sur une montagne de Kabylie.

Elle m'avait convoquée sur la planète, une nuit d'hiver, accroupie dans une baraque de berger en pierres sèches.

— Voilà, dit-elle.

Elle déposa un plateau avec une bouteille de whisky et un verre.

— Merci, Ima.

Je scrutai le fond de mon verre comme à la cantine de l'école primaire et lus le nombre gravé : 15.

— T'as pas l'air du tout en forme, ma fille, commença-t-elle en kabyle mon état des lieux.

— Si, ça va.

— Non, Nassima, trancha-t-elle avec un hochement de tête. C'est écrit sur ton visage.

Je souris.

— Tu sais lire maintenant...

Elle haussa les épaules.

— Pff... Pas besoin d'aller à l'école pour lire sur le visage de sa propre fille.

Soraya et Fatima ne tardèrent pas à se pointer, suivies de près par Karim qui, pour ne pas déroger à ses habitudes, tirait la tronche. Comme la mère, il avait toujours un problème sur le feu, ou en sortait un du congélo. Rachid arriva en retard, accompagné de son paquet de linge sale.

Après les prises de bec traditionnelles et réconciliations de ma mère qui jouait souvent le casque bleu entre ses quatre enfants, le repas débuta.

L'atmosphère était détendue par Rachid, le benjamin de la famille, qui ne cessait de lancer des vannes ou des jeux de mots. Animateur Lecture-Écriture dans un centre de loisirs primaire de Batreuil, il passait son temps à écrire. Toujours un carnet dans sa poche. Il composait des poèmes comme d'autres jetaient des bagnoles contre des vitrines.

Ma mère m'épiait du coin de l'œil lorsque je consultai ma montre.

— Bon, y faut que j'y aille.

— Bois un autre café, s'empressa-t-elle de me proposer.

— C'est mon troisième, Maman.

— Tu vas bosser un dimanche, s'étonna Soraya.

— Et ouais, fis-je.

Ma mère se pencha sur la cage d'escalier.

— Reviens-moi en meilleure forme.

... « avec un mari et un autre boulot, pensa-t-elle très fort, un boulot pour une femme. »

6

Je saluai Félix, l'agent en faction devant la porte, et entrai dans la chambre 211.

Seuls deux lits sur les quatre étaient occupés. Mathilde Dasilva et une autre femme qui dormait sur le dos, un journal ouvert sur sa couverture.

Je m'approchai de la très récente veuve.

— Bonjour... je suis le commissaire Benarous.

Imperturbable, elle n'interrompit pas sa contemplation d'un objet invisible.

Je la voyais plus jeune. La photo dans le portefeuille devait dater de pas mal d'années. À moins d'un coup de vieux en accéléré dû à la douleur.

— Madame Dasilva, insistai-je, je n'ai pas beaucoup de questions à vous poser.

Agacée, elle expira et se releva sur son oreiller. Elle m'examina un bon moment, très méfiante. Puis elle tendit la main vers une carafe d'eau.

— Je ne sais rien, dit-elle d'une voix faiblarde.

Elle reposa le verre sur la table roulante.

Je balançai la question rituelle :

— Votre mari connaissait-il des gens qui lui en voulaient ?

— Non.

— Il n'a jamais reçu de menaces ?

— Non.

— Vous en êtes sûre ?

— Oui.

— Alors, pourquoi avez-vous dit hier, demandai-je en tournant les pages de mon calepin. Voilà ! Vous avez dit en arrivant à l'hôpital : « Ils vont revenir ! Ils vont revenir ! »

Elle haussa les épaules.

— C'est rien du tout...

— Tout a son importance, madame Dasilva, martelai-je en la fixant d'un air grave.

— ...

— Qui sont-ils ?

Elle toussota, gênée, puis baissa les yeux vers la couverture. Les lèvres serrées, elle fit coulisser sa bague le long de son annulaire.

Têtue comme une vendeuse par téléphone rémunérée à la commission, je répétai ma question.

Elle s'assit alors sur le bord de son lit et laissa échapper un petit gémissement.

— Je vais me passer un peu d'eau sur le visage, souffla-t-elle.

Elle enfila ses chaussons. Je m'approchai et tendis mon bras. Elle refusa mon aide et se traîna jusqu'au coin salle de bains derrière un paravent.

Mon Dieu... mon Dieu, se lamenta-t-elle.

Le bruit de l'eau qui coulait dans l'évier me semblait une éternité. La patience n'avait jamais été mon fort. Comme si les moments d'attente n'étaient que des peaux mortes dont il fallait se débarrasser au plus vite.

Elle se glissa sous les draps.

Après avoir vérifié que sa voisine n'avait pas quitté les bras de Morphée, elle commença :

— Une nuit, y a cinq ou six mois, Arthur est

remonté à la maison avec le visage en sang. J'avais...
j'avais vu par la fenêtre des hommes lui sauter dessus,
le tabasser très violemment et remonter très vite dans
leur voiture.

— Vous pourriez décrire ces hommes ?

— Non.

— Ils étaient combien ?

— Trois.

J'ajoutai cette nouvelle information sur mon calepin.
Mon existence se résumait à une suite de questions, les
mêmes : comme un animal bien dressé.

— Qu'est-ce qu'il vous a dit concernant cette agression ?

— ... Qu'on avait voulu lui voler son argent.

— Cela s'est reproduit ?

Elle hésita avant de répondre :

— Deux fois.

— Deux autres fois ?

— Oui. Il est rentré deux fois dans le même état. Et
quand je lui avais demandé ce qui s'était passé, il
m'avait dit que c'était ses affaires... et qu'il était assez
grand pour s'en occuper.

— Vous avez un enfant...

Elle se redressa et posa un regard glacial sur moi.

— Laissez-le tranquille, balbutia-t-elle.

— Où est-il ?

« Tu le sais bien », me taquina mon double qui ne
ratait jamais une occasion de me foutre le nez dans
mes nombreux mensonges et contradictions.

Elle promena un regard morne sur la chambre avant
de murmurer :

— Il est chez ma sœur.

— Depuis combien de temps ?

— Environ une dizaine de jours...

— Pourquoi ?

Elle s'éclaircit la voix.

— Mon mari était devenu agressif, très agressif. Avec moi et... avec le petit. Vous comprenez, ajouta-t-elle, certainement à l'intention de mon cœur virtuel de mère, il vaut mieux épargner la violence à un petit enfant de cinq ans et demi.

J'acquiesçai d'un hochement de tête et dis :

— Je vais vous laisser vous reposer.

Elle avait aussitôt replongé en elle-même, aspirée par sa douleur.

— Voilà mon numéro, ajoutai-je en déposant le bout de papier sur la table. N'hésitez pas à...

Je décampai avant qu'une autre larme n'entame une glissade le long de sa joue.

— Bon courage, dis-je à Félix qui aurait préféré s'éteindre devant Dimanche Martin.

7

Après avoir entrouvert ses yeux, il se tourna vers son réveil : 3 h 12. Il repoussa aussitôt sa couverture et pesta contre le monde moderne qui gâchait le sommeil. Puis il tâtonna pour trouver l'interrupteur de sa lampe de chevet.

Il dit d'une voix inquiète :

— Allô.

— Luc ?

— Oui.

— C'est Jean-Marie.

— Tu as vu l'heure ! Qu'est-ce que tu veux ?

Silence.

— Y a eu un problème sur le domaine et...

— Mais c'est quoi ?

Un raclement de gorge au bout du fil.

— Y en a un qui s'est évadé...

Il secoua la tête.

— C'est pas possible ! Ça s'est passé quand ?

— Y a à peu près une heure et demie.

Luc se frotta les paupières et demanda :

— Qui c'est ?

Jean-Marie se racla encore la gorge avant de dire d'une voix penaude :

— Emmanuel Potier et...

— Et qui ?

Silence.

— Hervé a descendu celui qui essayait de se tirer avec lui. Samir Bouziane.

Luc posa les yeux sur un cahier d'écolier ouvert sur sa table de chevet. Un banal cahier d'écolier. Ce problème se retrouverait sur les pages quadrillées à petits carreaux, consigné avec les moindres événements qui survenaient dans son existence. Depuis plus de trente ans.

Son interlocuteur toussota.

— Il ne peut pas aller très loin, affirma-t-il après un moment de réflexion.

— Qu'est-ce qu'on fait, Luc ?

Après lui avoir donné ses directives, il calma ses nerfs sur son incapable d'assistant et raccrocha.

— Quelle triple buse, ce Jean-Marie, soupira-t-il.

Puis il enfila son peignoir et gagna la salle de bains. Il fouilla dans un tiroir bourré à craquer de produits homéopathiques et avala des granules.

De retour dans sa chambre, il quitta son peignoir et s'allongea sur le dos dans le noir.

Il expira plusieurs fois, roula sa tête de gauche à droite, se releva lentement et termina par quelques exercices d'une étrange gymnastique — pas du genre Gym Tonic — avant de retourner se coucher.

Un quart d'heure plus tard, il décrocha le téléphone.

8

J'introduisis une pièce de deux francs et appuyai sur la touche : café court sucré. La machine ronronna avant de se délester d'un gobelet.

Encore un pied dans la glu du sommeil, je matai le mince filet noir et tapotai sur la machine.

Gauthier se pointa d'un pas énergique. Avec, tous les matins, cet air frais et tonique des pousseurs de fonte et des joggers m'exaspérant. Un dimanche matin, un type ivre mort, affalé sur des pelouses, rigolait avec le doigt tendu vers un grand escogriffe qui produisait des excédents de sueur en courant autour du lac de Valmandet « Encore un riche ! », s'esclaffa-t-il en me prenant à témoin. Les pauvres courent jamais le dimanche... ils courent déjà toute la semaine.

— Bonjour ! s'écria-t-il. Ça va ?

« Pourquoi ? t'es docteur ? », aurait répondu Max, le plus vieux pilier de chez « DAN ET MOUSS ». Certains disaient que le bistrot avait été construit autour de lui.

Je serrai la main qu'il me tendit.

— Je vous offre un café, Gauthier, lui proposai-je, histoire de grignoter encore quelques minutes à l'administration.

— Non, je ne bois jamais de café.

46

Ça m'aurait étonné !

— Prenez autre chose, rusai-je.

Il afficha le sourire conquérant d'un Bernard Tapie qui venait de toucher une belle avance pour déboiser le désert.

— Je vous remercie, mais je viens à peine de déjeuner.

Tant pis pour lui !

Il tritura sa cravate et dit :

— On fait un point sur l'affaire de samedi.

— Jamais avant mon petit café...

Il choisit alors l'air le plus arrogant de sa panoplie et l'enfila sur son visage.

— Je pense, affirma-t-il, que le facteur temps est primordial. Et que chaque minute de perdue est...

— Gauthier, l'interrompis-je, foutez la paix au temps et laissez-moi boire peinard mon café !

Il testa son regard *vous-verrez-quand-je-serai-directeur-de-la-P.J.* avant de battre en retraite.

Mon troisième café à la main, je poussai la porte du bureau en sifflotant *Osez Joséphine* d'Alain Bashung.

Un Stabilo rouge entre les doigts, les lèvres serrées et les sourcils froncés, Gauthier épluchait des fiches bristol étalées devant lui.

J'étais aussi sérieuse que lui à mes débuts dans la grande maison. Avec, certes, un profil plus bas que le sien ; on sent tout de suite qu'il veut être caniche à la place du caniche. Satisfaits de mon boulot, mes supérieurs m'avaient toujours très bien notée. Pourtant ma promotion fut aussi lente que la condamnation d'un pollueur de côtes bretonnes ou d'un révisionniste.

Femme née en Algérie, et plutôt plus proche de la chanteuse des Rita Mitsouko que de Vanessa Paradis.

Pas une sinécure dans un commissariat de police. Un paquet d'inspecteurs et d'agents en uniformes m'avaient foutu des bâtons dans les roues à défaut de pouvoir me mettre autre chose ailleurs. Ils ne se souviendront peut-être pas de mon travail impeccable mais sans aucun doute de mes gueulantes.

Du côté clients, ce n'était guère mieux. Les jeunes beurs que j'interpellais tentaient de m'apitoyer, en usant de nos origines communes, avant de m'invectiver lorsqu'ils constataient ma détermination. Cruel dilemme que d'arrêter ces gosses happés par le même tourbillon d'incertitudes et de contradictions que moi. Le pire était les suppliques de leurs mères. Elles débarquaient souvent flanquées de leurs filles qui s'occupaient de traduire et de les calmer, commençaient par nier les faits reprochés à leurs enfants, s'arrachaient ensuite les cheveux, chialaient toutes les larmes de leurs corps, et concluaient en convoquant Dieu et le Prophète au commissariat pour que je relâche leur progéniture. La mère d'un braqueur, une petite bonne femme assise sur le bord de sa chaise, le genre de femme qui moufte jamais, m'avait craché à la gueule et balancé que je n'étais qu'une traître.

Je caressai l'arête du radiateur. Encore en panne ! Plus de cinq ans depuis mon arrivée à la brigade de Batreuil et, chaque année, le radiateur tombait en panne dès les premiers jours de froid.

— Gauthier ?
— Oui.
— Vous n'avez pas froid, vous ?
— Non. Je n'ai jamais froid.

Soit il portait un Damart, soit c'était un vrai dur à cuire, ce Gauthier. Je m'attendais à le voir remonter sa manche et gonfler ses biceps. Malheureusement, il refusa de m'accorder ce spectacle et il se contenta de jouer au flic consciencieux.

Après avoir surfé un peu sur les faits divers et la page culture de *Libé*, je lui demandai :

— Vous avez trouvé quelque chose au sujet de l'affaire Dasilva ?

Il sauta sur l'occasion.

— J'ai tout inscrit, dit-il, le doigt pointé sur ses fiches. D'abord, je crois qu'il y a une chose importante...

Je ralentis d'un geste le courant de son discours fleuve et lui demandai d'aller à l'essentiel.

— Dasilva était employé par une entreprise de gardiennage, dit-il après avoir compulsé ses fiches. La société Euro-Plus.

— Que garde cette boîte ?

— Elle est spécialisée dans la protection de sites industriels, m'expliqua-t-il, et dans la protection de personnalités étrangères en visite à Paris. Notamment des industriels. Elle s'occupe aussi beaucoup de la sécurité de stars de cinéma et de la chanson pendant leurs tournées. Elle assure aussi le convoyage d'œuvres d'art et d'objets précieux à travers l'Europe. D'ailleurs, elle possède une très large implantation au niveau de la communauté européenne. Elle est la première sur le marché européen en ce qui concerne la télésurveillance, et parmi les premières au niveau mondial. D'ailleurs, conclut-il, elle vient d'acquérir une centrale de près de 5 MF avec un système interactif hautement perfectionné...

— Qu'est-ce que vous appelez centrale ?

Je me balançai sur ma chaise contre l'inutile radiateur. Si le patron s'était pointé, j'aurais eu droit au sermon sur le matériel offert très gentiment par le contribuable.

— C'est le système central qui gère toutes les opérations de télésurveillance. Le cœur de la structure. Exemple : une alarme s'active et apparaît sur l'un des écrans. Alors le téléopérateur, installé devant son ordinateur, envoie un message à l'une des patrouilles qui se rend immédiatement sur les lieux pour vérifier. Il y a aussi la surveillance des congélateurs d'entrepôts, des systèmes d'arrosage... sans oublier les personnes âgées ou dépendantes qui peuvent appuyer sur une poire accrochée sur eux pour déclencher une alarme sur l'écran...

— Je vois pas ce que des vigiles peuvent bien foutre pour aider un malade, ironisai-je. Pas génial des Rambo de supermarché dans le rôle d'infirmières.

— Dans ce cas, le téléopérateur contacte la caserne de pompiers la plus proche de son domicile.

— Qui vous a renseigné ?

Il retira ses lunettes et frotta ses paupières.

— Un voisin de Dasilva : Jean Coste.

— Il y travaille lui aussi ?

— Il a été licencié y a environ trois ans.

— Quel était son poste ?

— Il s'occupait de l'entretien et du système de chauffage.

— Ils devraient l'embaucher chez nous...

Mon humour ne réchauffa pas l'atmosphère.

— Et pourquoi a-t-il été licencié, ce brave homme ? ajoutai-je.

— D'après ce qu'il m'a dit, il avait voulu mettre sur pied un syndicat. Il aurait appelé à une assemblée générale et il aurait trouvé sa lettre de licenciement avec le chèque correspondant aux trois mois de préavis. Il m'a expliqué que le patron d'Euro-Plus paye très bien ses employés mais qu'il ne tolère pas les gens ne lui obéissant pas au doigt et à l'œil. Cela étant dit, ce

50

Coste m'a l'air d'un révolté de première. J'ai eu l'impression qu'il était affilié à un mouvement d'extrême gauche ou dans une association de...

— Ce n'est pas encore interdit par la loi !

— C'est vrai, reconnut-il.

Il me fouilla du regard comme pour tenter de deviner ma couleur politique.

— Qu'est-ce qu'il fait maintenant ?

— Il a retrouvé un emploi dans un supermarché et il suit actuellement des cours du soir à l'université. Et...

Il jeta un œil lance d'incendie à ma cigarette. Je sentis qu'il n'allait pas tarder à placarder un panonceau « BUREAU NON FUMEUR ». Hors de question que j'aille aux chiottes ou sur le trottoir pour fumer !

— Continuez, Gauthier.

— Jean Coste voue une haine farouche à cette société. À l'époque où il avait été viré, il avait fait des recherches sur Euro-Plus et expédié un courrier aux Prud'hommes. Il m'a donné les renseignements qu'il avait réussi à glaner.

Il me tendit une feuille dactylographiée.

Jean COSTE
63, rue des Marbriers
93130 BATREUIL   *Le 12 juin 1991*

« À l'attention de monsieur l'inspecteur du travail

À la suite d'une demande d'assemblée générale auprès des employés de la société EURO-PLUS *sise au 18, rue de la Verrière* 93130 BATREUIL, *je tiens à vous signaler mon licenciement arbitraire.*

Vous trouverez ci-dessus un rapport circonstancié sur cette société qui, sur le plan de la législation du travail, est très souvent hors la loi...

— C'est une suite de doléances sans intérêt pour l'enquête, soupirai-je en reposant les feuillets.

— Je ne crois pas, objecta Gauthier. Je pense que ce qui est écrit plus loin peut nous apporter des informations très importantes concernant cette société. Jean Coste a joint aussi le chiffre d'affaires...

— Ne vous égarez pas. Nous ne travaillons pas dans une compagnie d'assurance ou dans un cabinet d'expertise comptable. Le chiffre d'affaires de cette boîte, on s'en fout complètement... Notre boulot est juste de retrouver les assassins de Dasilva.

— L'immeuble où vivait Dasilva appartient à Euro-Plus, continua-t-il, imperturbable. Elle possède un tas d'immeubles et d'entrepôts dans la ville, et aussi dans d'autres villes de la banlieue. La plupart de ses immeubles sont squattés...

— Si on doit tenir compte de tous les racontars, ironisai-je, on va devenir une annexe du DAL.

9

Le dernier coup de cloche réveilla Manu.

Il ouvrit les yeux et vit le ciel à travers le toit troué de la cazelle. Une matinée pluvieuse. Il se massa les reins. Il avait dormi environ trois heures.

Sauvé grâce à Zoé très obéissante qui s'était précipitée dehors au coup de sifflet de son maître. Pendant deux ou trois minutes, ils avaient palabré à quelques mètres de la cazelle. Jean-Marie, irrité par cette randonnée nocturne, avait opté pour reprendre les recherches au lever du soleil.

La fatigue de Manu avait quelque peu reflué mais l'angoisse de l'avenir très proche avait pris le relais. « Qu'est-ce que je vais foutre sans une thune et sans papiers ? », se demanda-t-il. La première chose dont il avait été dépouillé à son arrivée au domaine fut sa pièce d'identité et toute la paperasserie le reliant à son passé. À quoi aurait pu servir son portefeuille dans ce domaine totalement isolé sur un plateau ?

La dernière fois qu'il avait mis les pieds à la campagne remontait à l'époque où il fréquentait encore les colonies de vacances de sa ville. Depuis l'âge de douze ans, il n'allait plus à l'école et thésaurisait les heures délayées dans les rues, les galeries marchandes, les squares en été, les halls d'immeuble et pour finir les squats.

Il regarda ses mains pleines de cloques, bousillées, et ses ongles noircis. « Un boulot de merde ! grommela-t-il, bon pour les bouseux ! »

Lorsque ses yeux se posèrent sur ses avant-bras qui portaient les traces d'une autre merde, une merde des villes que des fumiers font pousser à la sortie des collèges, son regard s'éclaira et un imperceptible sourire glissa sur ses lèvres. Malgré les emmerdes qui tournaient autour de lui comme une masse compacte de satellites, un mince rayon de lumière avait réussi à se frayer un passage. Pas grand-chose.

Une lueur rachitique.

Il éprouvait néanmoins une certaine fierté de ne pas avoir touché à la came depuis plus de huit mois. Depuis son arrivée au domaine des Maurilles. Décrocher était donc possible... « Je suis clean depuis huit mois, regretta-t-il à haute voix, amer, j'aurais dû rester même si... »

Pressentant une invasion imminente de questions troublantes, il se leva.

Après avoir jeté un coup d'œil à droite et à gauche, il fit quelques pas.

Il grelottait. L'herbe était humide. Un léger brouillard stagnait encore au-dessus de la rivière. Il remonta le col de son blouson et frotta ses mains en soufflant dessus. Il marqua un temps d'hésitation avant de traverser le champ. Il se retrouva peu après sur un étroit chemin qui longeait la rivière. Il marcha environ cinq cents mètres et stoppa net.

Intrigué, il tourna la tête de tous côtés pour localiser la source de la pétarade. Il leva les yeux. Et il suivit un instant du regard une camionnette blanche déglinguée qui brinquebalait le long de la falaise escarpée.

Puis il reprit sa marche.

10

— Ne quittez pas, je vous la passe. C'est pour vous.

— Allô.

— Madame Benarous ?

— Ouais.

— Docteur Reboul, je vous appelle à propos de Mme Dasilva. Elle a été enlevée... il y a à peine une demi-heure.

Je jetai un coup d'œil à ma montre : 9 h 45.

— Comment ça s'est passé ? demandai-je, interloquée. Il y avait un de nos hommes devant la porte.

— Ils étaient déguisés en infirmiers et... et ils ont administré une piqûre d'un puissant somnifère à votre homme.

— Où est-il ?

— Il est dans une chambre. Il va dormir encore plusieurs heures car ils lui ont injecté un puissant sédatif.

— On arrive ! m'écriai-je.

Je raccrochai et terminai en express mon café.

— Qu'est-ce qui se passe ? demanda Gauthier.

— Des types ont embarqué la femme de Dasilva à l'hosto ! On y va !

Gauthier eut juste le temps d'attacher sa ceinture avant une visite de ma bonne vieille ville.

Une petite gamine sur le bord d'un trottoir me fit songer immédiatement à deux autres : deux Zaïroises de trois ans avec peut-être les mêmes yeux rieurs que cette gosse qui attendait sa mère pour traverser l'avenue. Deux banales petites filles... avant d'être bousillées au détour d'une dune par un connard qui s'offrait sa dose de frayeurs sur le dernier Paris-Dakar. Accident préparé longtemps à l'avance, orchestré par des télés et des radios, sponsorisé. Depuis que j'avais lu l'entrefilet annonçant leur assassinat, l'image de ces gamines revenait souvent à la charge et ravivait ma colère. Ces types bardés de tôles et de pubs, le sourire Colgate aux lèvres et les joues recouvertes de la moquette du baroudeur moyen, essoufflés par leur dur effort mais prêts à aller jusqu'au bout et tout le tralala débité au micro, avaient incontestablement une belle gueule sentant bon le sable chaud. Et la sueur cathodique. Mais imaginez un tout petit instant leurs tronches si des Africains traversaient en moto ou en bagnole leur quartier à toute berzingue au moment de la sortie des classes...

Je jetai un coup d'œil à Gauthier cramponné à son siège et lui demandai :

— Qu'est-ce que vous pensez du Paris-Dakar ?

— C'est super ! répondit-il, enthousiasmé, avant de mater d'un air inquiet le rétro après un coup de frein brusque.

Plus je le connais et moins j'ai envie de le connaître, le nouveau collègue...

Et j'accélérai.

Les trois ascenseurs de l'hosto étaient tous partis en même temps en voyage. Un couple de gitans flanqué d'une ribambelle d'enfants montait l'escalier devant nous. Très courtois, Gauthier leur demanda de se pousser. Tous semblaient atteints d'une crise subite de surdité collective, ils continuaient leur périple en devisant gaiement.

— Dégagez de là ! Plus vite ! gueulai-je avec plus de résultats.

Ils obtempérèrent avec un regard de groupe méprisant. Dès que nous leur tournâmes le dos, l'un des gosses cria de très bon cœur : « Sales schmits ! » Avec toute la haine du gamin qui ne jouera jamais au gendarme dans la cour de l'école. Quoique je n'y avais jamais joué non plus...

Je fonçai vers le bureau où Reboul m'avait reçue deux jours auparavant.

Un type rondouillard au visage bronzé, vêtu d'un costume clair orné du pin's de la légion d'honneur, était assis en face de l'homme abhorrant les boîtes vides de sa femme.

— Madame Benarous, fit Reboul, je vous présente le professeur Martin, cardiologue et directeur de l'établissement.

J'évacuai d'emblée les mondanités :

— Comment étaient ces deux hommes ?

— Ils devaient avoir environ une trentaine d'années, dit Reboul avec les sourcils froncés. Bruns, tous les deux. Plutôt dynamiques. Et très costauds.

Le genre de signalement qui correspondait à une bonne proportion de la population de ce pays.

— Vous n'avez rien constaté de particulier chez ces faux infirmiers ?

Reboul martyrisa les poils de sa barbe avant de me répondre d'un hochement de tête négatif.

— A-t-elle eu peur lorsqu'ils l'ont emmenée ?

Il haussa les épaules et me répondit :

— Je ne les ai pas vus repartir. Je ne les ai vus que lorsqu'ils sont arrivés dans le couloir.

Je notai toutes ces informations inutiles, histoire de jouer au flic sérieux.

— Vous pourriez les reconnaître ?

— Non... Je suis atteint d'amblyopie.

J'aquiesçai d'un signe de tête entendu et me promis de chercher la définition de ce mot.

— Et l'homme qui était de garde devant la porte ?

— Comme je vous l'ai dit au téléphone, il en a encore pour quelques heures à dormir...

Je me tournai vers Gauthier et lui demandai d'aller improviser une interview du gardien du parking. Puis je débitai à Reboul et à son grand manitou resté muet l'habituel laïus sur la plus grande discrétion pour ne pas donner d'informations aux ravisseurs. En omettant de dire qu'il s'agissait aussi de ne pas coller la honte à la brigade de Batreuil et à moi-même.

Le directeur se leva. Je le voyais plus grand. Il épousseta sa manche d'un geste énergique.

— Nous ferons le nécessaire pour ne pas ébruiter l'affaire et nous sommes à votre entière disposition, m'assura-t-il en me broyant la main. Au revoir.

Un peu lèche-cul ou gêné de la froideur de son patron à mon égard, Reboul entama son hagiographie.

— Je n'en doute pas, coupai-je le panégyrique de son supérieur. Mme Dasilva vous a-t-elle dit quelque chose à vous ou à quelqu'un du service ? Elle s'est peut-être épanchée auprès d'une infirmière par exemple.

— Non, elle n'a pas décroché le moindre mot.

Cette affaire prenait une tournure vraiment très étrange...

Les toussotements impatients de Reboul interrompirent le chantier sous mon crâne. Je le rendis à ses chers patients et tournai aussitôt les talons.

Gauthier m'attendait en bas, adossé nonchalamment

au rebord de ciment qui surplombait l'entrée du parking souterrain. Dès qu'il m'aperçut, il s'empressa de redresser le buste et venir à ma rencontre d'un pas décidé.

— Le gardien du parking n'a absolument rien vu, dit-il, l'air désolé du jeune flic bredouille.

11

« Allô ! Allô ! Vous êtes bien chez Boris Pilar... ou son frère de sens... Pilar Boris. Je suis momentanément mort... mais n'hésitez surtout pas à me laisser un message. Je vous rappellerai lors de mon prochain passage sur terre. »

Il s'enfonçait dans le morbide.

J'attendis sagement que le bip sonore me laissât déposer ma voix sur son répondeur.

— Allô ! Bob, c'est Nassima... Tu fais de la promo pour les pompes funèbres ou quoi ! Je t'appelle juste pour prendre des nouvelles parce que la dernière fois...

— La dernière fois, c'est du passé.

Je sursautai.

— Tu étais là !

— Ouais... Je ne veux pas avoir au bout du fil un pote qui collectionne les suicides depuis une semaine. Ça me fait plaisir de t'avoir au bigo...

— Moi aussi. Alors qu'est-ce que tu deviens depuis la dernière fois... je ne te vois plus dans l'immeuble.

— J'ai accompagné une classe patrimoine qui voulait aussi initier les mômes à la peinture.

— C'est chouette, ça...

— Ouais... mais je préfère retrouver mon bordel. Tu veux venir boire un coup ?

— Je t'appelle du boulot.

— Tu dépenses le fric du contribuable, me charria-t-il.

Qu'est-ce que j'aurais donné pour me retrouver dans son atelier ? Assise, un verre de whisky à la main dans son fauteuil déglingué, à humer les odeurs de peinture, et le regarder travailler. Échangerais n'importe quel ordre du mérite potentiel contre une petite heure dans son antre.

— Tu bosses beaucoup en ce moment ?

Une quinte de toux retarda sa réponse.

— Putain ! J'ai une de ces crèves ! Ouais, en ce moment... je bosse vachement.

— On se voit quand ?

Silence.

— On enterre la hache de guerre, alors...

— Ouais, m'excusai-je, penaude. J'ai déconné l'autre fois... mais je ne suis pas très en forme en ce moment.

— Laisse tomber, dit-il après une nouvelle quinte de toux, ça arrive à tout le monde de péter les plombs de temps en temps...

— On bouffe ensemble ?

— Ça marche !

— Quand ?

— Ce soir.

— Non, je suis complètement crevée.

— Quand tu veux... Sauf mercredi, j'ai mes gosses.

— Vendredi soir, alors.

— Ça marche... On se retrouve vers huit heures, huit heures et demie chez « DAN ET MOUSS ».

12

Deux jours après le meurtre de Dasilva, la vie avait renouvelé son bail dans l'immeuble. L'air aussi sérieux que des joueurs de poker qui avaient misé toutes les économies de leurs familles, deux gosses se tapaient une partie de Pogs. Ils ne levèrent même pas leurs nez du carrelage glacé lorsque nous entrâmes.

Je frappai à la porte du gardien. Aussitôt s'ouvrit une étroite fenêtre. Une femme passa la tête à travers la petite ouverture. Son haleine empestait le café mêlé à la cigarette. Nous étions abonnées, apparemment, aux mêmes poisons.

— C'est pourquoi ?

En guise de réponse, je plaquai ma carte sur la planche gondolée genre micro-comptoir.

— Commissaire Benarous.

— ...

L'inévitable silence créé par la présentation d'une carte de flic s'imposa.

— Je voudrais vous poser deux ou trois questions sur la famille Dasilva.

Elle nous reluqua puis ferma ses paupières dans l'espoir qu'en les rouvrant nous aurions disparu. Lorsqu'elle reposa ses yeux sur nous, elle dut se rendre à l'évidence que nous n'étions pas des poulets virtuels.

Elle ouvrit sa porte blindée. Puis nous invita d'un signe de tête résigné à mettre les pieds dans sa loge.

L'étroit local bien entretenu puait l'eau de Javel. Un endroit à déconseiller aux squatters rampants. Elle nous désigna des bancs autour d'une longue table en formica comme celles des réfectoires de cantines scolaires.

— Vous n'avez rien à craindre, nous rassura-t-elle, les bancs sont propres.

Nous nous installâmes en face d'elle.

— Qu'est-ce que vous voulez savoir ? demanda-t-elle d'une voix inquiète.

Je posai la question rituelle sur un changement quelconque dans les habitudes de la famille Dasilva.

Cette femme ne savait pas quoi faire de ses mains. Tantôt elle les frottait l'une contre l'autre, tantôt elle les posait paume à plat. Elle repassait aussi la table comme pour venir à bout d'un pli invisible.

— Non, répondit-elle après sa petite gym, j'vois pas.

— Même un petit détail, insistai-je.

Elle s'agita sur son banc.

— Il rentrait de plus en plus souvent le matin vers sept, huit heures ces derniers temps, dit-elle avec un haussement d'épaules. Je le croisais quand je sortais les poubelles.

— Vous saviez quel était son emploi ?

— Il était veilleur de nuit.

— C'est tout à fait normal qu'il rentre à des heures comme ça, fit remarquer Gauthier avec un sourire sarcastique. Les vigiles travaillent souvent la nuit.

Elle le dévisagea, visiblement agacée par son air méprisant. Elle devait mourir d'envie de le traiter de sale con ou de le noyer sous une serpillière pleine d'eau de Javel.

« Pour qui se prend-il, ce branleur avec sa licence de droit, se fâcha mon double qui ne supportait vraiment pas Gauthier. Sûr que si on appuie sur son nez, il y a encore du lait qui coule. »

Elle s'adressa à moi :

— D'habitude, il rentrait plutôt vers trois heures du matin... Vous savez, j'ai des insomnies, et de ma fenêtre, je vois les gens monter aux étages.

— Comment était-il ?

— C'était quelqu'un de bien, madame. Jamais un mot plus haut que l'autre. Toujours poli. Il n'oubliait jamais mes étrennes et, je dois l'avouer, était très généreux. Et quand mon chien a eu sa patte cassée, mon mari était en déplacement, c'est lui qui l'a emmené chez le vétérinaire un dimanche matin. Il venait souvent prendre l'apéro avec sa femme. Il s'était arrêté de boire longtemps mais il avait repris... C'est vrai qu'il avait une sacrée descente... des verres comme ça de whisky ! mais il avait toujours l'alcool très gai.

— Et leur couple ?

Elle hocha la tête.

— Ils étaient très heureux ensemble... Ça se voyait. Et chez eux, leur fils était un vrai p'tit prince. Ils s'en occupaient vraiment très bien, jamais leur gosse ne traînait dans la cour ou dans la rue, lui.

Elle s'interrompit et son visage se crispa.

— Quand je pense, soupira-t-elle avec les yeux levés au plafond, quand je pense que je l'ai croisé, ce pauvre Dasilva, quelques heures avant sa mort...

Je la laissai se purger de quelques banalités et jetai un coup d'œil dans le local.

Une feuille était épinglée sur un tableau de liège.

« Des locataires ayant découvert
des souris dans leur appartement,
nous avons demandé au propriétaire
d'effectuer les démarches nécessaires
pour la dératisation.
D'autre part, nous demandons à tous les
locataires de bien vouloir nous signaler les
problèmes de chauffage et de conduites d'eau
défectueuses. »

L'amicale des locataires.

L'assurance de la gardienne qui nous soumettait une panoplie de propositions de lois pour enrayer la délinquance et le chômage était surprenante. Jamais un quelconque doute n'infléchissait ses propos. Je dévisageai cette bonne femme sans écouter son ronronnement interminable. Son mari devait être sourd, patient, ou équipé de boules Quies.

Je l'interrompis au beau milieu de son discours concocté dans un hôtel particulier de Saint-Cloud et relayé dans certaines bibliothèques pour lui demander si Dasilva était membre de l'amicale.

— Non.

— Pourquoi ?

— Il n'a jamais voulu y participer.

— Qui la dirige ? demanda Gauthier.

— Jean Coste... Il est jamais content, celui-là. Un vrai râleur ! Dès que quelque chose va pas, il monte sur ses grands chevaux... Je peux vous dire qu'ils pouvaient pas se saquer tous les deux.

Décidément, ce Coste aimait bien l'opposition.

— Il faut comprendre ce pauvre Dasilva, ajouta-t-elle avec un haussement d'épaules résigné, le propriétaire de l'immeuble, m'sieur Maury, c'est son patron.

Et par les temps, qui courent, vaut mieux pas s'embrouiller avec ses patrons.

Lorsque je la questionnai sur les agressions subies par Dasilva, elle marqua un temps d'hésitation avant de m'avouer qu'elle avait assisté à l'une d'elles.

— Vous n'avez pas idée de qui il peut s'agir, insistai-je.

— Des jaloux.

J'ouvris des yeux ronds.

— Des jaloux ?

— Oui, me confirma-t-elle à mi-voix. Je suis sûr que c'était des voisins jaloux. Ça m'étonnerait pas que ce soit Coste, parce qu'il s'était fait licencier, lui.

— De quoi pouvait-il être jaloux ?

Elle marqua un nouveau temps d'hésitation.

— Les Dasilva avait une nouvelle voiture, une grosse BMW, et une autre dont je connais pas la marque. En tout cas, c'est les plus belles voitures du parking. Faut dire que m'sieur Dasilva les entretenait très bien...

Je voulus voir ces petits bijoux sur quatre roues. Nous lui emboîtâmes aussitôt le pas dans les entrailles de ce qu'elle nommait MON immeuble.

Elle poussa une lourde porte métallique et dit :

— C'est ici.

La lumière dans le parking était très forte. Une architecture d'ombre et de lumière composée des lourdes silhouettes noires des piliers découpées sur le ciment, des masses métalliques des voitures garées parallèlement dans des rectangles blancs, et le tout conjugué à nos ombres étalées sur le ciment qui se prenaient pour de gigantesques sculptures de Giacometti, offraient à cet endroit un aspect de décor de cinéma.

Elle se planta devant la calandre d'une grosse bagnole aux vitres teintées.

66

— Voilà la voiture, dit-elle.

— Putain ! siffla Gauthier, admiratif.

Sa réaction me stupéfia. Première fois qu'il lâchait un juron depuis que je le chaperonnais.

La lumière s'éteignit soudain et le parking fut plongé dans le noir. La gardienne appuya sur l'interrupteur : le spectacle recommença.

Pas calée du tout en voitures, je pouvais néanmoins constater la différence entre ma première 4L et la BM de Dasilva : une énorme berline avec sans doute toutes les options... et les options des options. Des magazines féminins, des livres d'enfant, une tortue Ninja unijambiste, un parapluie noir et quelques Pogs encombraient la plage arrière.

— Gauthier, vous savez combien ça peut coûter une bagnole comme celle-là ?

Il caressa son menton imberbe avant de daigner donner son diagnostic :

— Très cher. Au moins trois cent mille francs... C'est une excellente voiture, elle a le tout nouveau ABS et...

J'arrêtai d'un geste sa prestation de bon vendeur de voitures et me tournai vers la gardienne.

— Vous m'avez parlé d'un autre véhicule.

— Oui... c'est celui-là.

Je tentai d'ouvrir la portière du Toyota mais son muezzin de garde commença à gueuler.

Précédés de la gardienne, nous battîmes en retraite et remontâmes à la surface.

— Une dernière question, madame, dis-je sur le seuil de sa loge. Comment les Dasilva ont-ils pu s'acheter des voitures aussi luxueuses avec sa simple paye de vigile ?

Un sourire dévoila ses dents noirâtres.

— Il avait gagné au Loto. Une grosse somme. Il

m'avait fait promettre de ne le répéter à personne. À part mon fils, mon mari... et vous maintenant, je l'ai dit à personne.

Dasilva s'était sûrement servi d'elle pour passer un message aux autres locataires.

— Moi, si je gagne un jour au Loto, nous confia-t-elle avec une lueur dans les yeux, j'achèterai pas des bagnoles mais un pavillon avec un jardin et...

— Merci, madame. Au revoir.

J'inclinai mon siège en arrière et allumai une cigarette. Gauthier toussota deux, trois fois pour me rappeler la loi anti-fumeurs. Je baissai ma vitre.

— Vous y croyez-vous, au gros lot ?

Une dizaine d'ados slalomaient en vélo ou en roller sur le trottoir. Le plus grand, un black avec des dreads qui dépassaient d'un béret, s'assit sur notre capot.

— Ça va pas ! gueula Gauthier.

Il ouvrit sa portière.

— Va te faire enculer ! répliqua le black avant de se barrer à toute vitesse.

Vexé, Gauthier referma illico sa portière.

— C'est dingue, ces gamins... Ils ne respectent plus rien. C'est à cause de la démission de leurs parents...

J'écoutai sans sourciller le fils spirituel de Françoise Dolto me débiter son cours de pédopsychiatrie mâtiné de sociologie à l'usage de la banlieue moyenne. Il conclut sa conférence par : « Vous ne m'avez pas répondu pour le gros lot. »

Je vidai ma fosse commune dans le caniveau. Amusée, je regardai mes mégots s'éloigner sur les vaguelettes provoquées par le puissant jet du tuyau relié au camion de la voirie. Sur sa carrosserie était inscrit, noir sur blanc, un message clair : BATREUIL VILLE PROPRE.

13

Assis derrière le volant du Range Rover depuis plusieurs heures, Hervé soupira. Marre de rouler pour des clopinettes ! Il conduisait très lentement. Il inspectait la route et les petits bois de chênes du Causse.

Il refit un rapide tour avant de s'arrêter sur le bas-côté. Il coupa le contact. Après un large bâillement, il roula sa tête de gauche à droite.

De l'endroit où il se trouvait, il voyait une grande partie du domaine situé sur le plateau calcaire et, en contrebas, les toits des trois hameaux. Une vingtaine de maisons hantées par quelques vieillards qui attendaient le jour du grand départ. Même les randonneurs de plus en plus nombreux et les amateurs de kayaks passaient toujours plus bas dans le département : à proximité des campings, gîtes ruraux et auberges. Ces villages à l'abandon étalés sur un désert d'une trentaine de bornes n'étaient rythmés que par le coup de klaxon du boucher et du boulanger ambulants. Et les battues de chasseurs de sangliers.

L'air très soucieux, Hervé sortit un téléphone portable de son blouson et composa un numéro.

Quelqu'un décrocha à la première sonnerie.

— Ouais !

— Jean-Marie, c'est Hervé.

— Alors ?

Hervé aperçut un busard : il tournoyait au-dessus de la vallée pour fondre sur un lapin ou une autre petite bestiole inscrite sur son menu.

S'il avait pu opérer comme lui...

— Rien.

— C'est pas possible !

Hervé haussa les épaules.

— J'ai fait tout le domaine.

— Tu as fait aussi les villages...

Il haussa une nouvelle fois les épaules.

— Ouais...

— Et les autres ?

— Rien, ils n'ont rien non plus.

— Eh ! merde !

— Qu'est-ce qu'on fait ?

— Continuez jusqu'à midi.

14

Malgré les efforts du soleil, la matinée était froide. Je nouai mon écharpe et enfonçai le plus loin possible mes mains dans les poches de mon jean. La voiture m'avait lâchement abandonnée en pleine rue, à quatre cents mètres du commissariat. Impossible d'inventer un baratin cette fois-ci. Le patron m'avait encore tannée sur le respect du matériel. J'étais celle qui envoyait le plus de bagnoles au garage.

Mon ventre et mon cerveau réclamaient en chœur leurs doses de café. Très obéissante, je m'engouffrai dans le premier bistrot. Je grimpai sur un tabouret et commandai un double express. Un pour chacun.

Ma tasse à la main, j'observai à la dérobée le type en survêtement affalé sur une banquette. Un vrai sportif de bar aux joues couperosées par l'effort quotidien et les yeux collés sur la rue comme s'il attendait quelqu'un. Comme tous les pochtrons de France et de Ricard. Cap'taine Sangria, ne vois-tu rien venir ? De temps en temps, le sportif s'envoyait une petite gorgée de bière et marmonnait dans sa barbe.

Le corps moulé dans un manteau noir, une blonde avec un walkman passa devant la vitrine en tortillant du cul. « Comment peut-elle sortir jambes nues par ce froid », m'interrogeai-je, toujours stupéfaite par ce genre de prestations hivernales. Elle claquait des doigts en rythme.

L'affalé se redressa avec un sourire édenté.

— Ça remonte le moral, une bombe comme ça le matin, lui lança le patron du bistrot.

— Pas que le moral, gloussa l'affalé.

Je tendis un billet.

— Vous avez pas de la monnaie ?

Tu l'auras voulu, mon p'tit macho ! Je vidai mon porte-monnaie portant le logo de chez « DAN ET MOUSS » sur le comptoir et réglai ma consommation avec toute ma ferraille.

Je traversai la rue de Noiseuil et longeai une ancienne usine de bonbons qui avait déversé des odeurs de chewing-gum sur tout le quartier avant d'être délocalisée et laisser derrière elle des effluves de chômage. Puis je grimpai une dizaine de marches et remontai vers le parc départemental. À l'époque de ma pratique assidue de l'athlétisme dans le club du lycée de Batreuil, je m'entraînais plusieurs fois par semaine dans ce gigantesque espace vert : « le poumon du département », s'enorgueillissait le bulletin municipal.

Je relus l'adresse :

Annie Vaillant
44, rue Dassis
93120 BATREUIL

Ce quartier pavillonnaire semblait résister aux nombreuses ZAC qui éclosaient de loin en loin dans les cerveaux de directeurs de l'urbanisme.

La maison d'Annie Vaillant était le pavillon type de banlieue. Semblable à ceux construits par les immigrés de retour dans leur pays. La façade bouffée par le lierre comme le visage d'un militant du FIS par la barbe ne laissait apparaître que les fenêtres avec des rebords en fer noir torsadé. Décidément, mes origines se manifestaient de plus en plus... Elles étaient pourtant planquées dans ma poche avec un mouchoir dessus.

Je sonnai. Pas de réponse. Un second coup de sonnette. Toujours pas de réponse. Je m'usai une dernière fois le doigt sur la sonnette et décidai de me tirer. La maison était aussi vide que le siège d'un député mis en examen.

Dès que j'eus le dos tourné, une fenêtre s'ouvrit.

— Qui êtes-vous ? demanda une douce voix.

— Commissaire Benarous du commissariat de Batreuil. Vous êtes bien Annie Vaillant, la sœur de Mathilde Dasilva ?

— J'arrive, dit-elle.

L'odeur du jardin détrempé par la pluie de la nuit me procura une agréable sensation. Une envie subite de campagne s'empara de l'intégriste du béton. Quand je vivais avec Michel, nous partions souvent en weekend dans la maison de ses parents en bord de Loire. Nos longues promenades, les ramassages de champignons, la bonne bouffe arrosée de Saint-Nicolas-de-Bourgueil et de Vouvray, me soulageaient de ma semaine passée à traquer le fouteur de troubles urbains. Notre couple grignota tout son pain blanc pendant ces moments-là. Dès le lundi matin, reposés, frais et dispos, nous reprenions la guérilla du quotidien dans notre petit appart au quinzième étage. Michel ne supportait plus la ville. Et malgré mon entêtement, il m'avait proposé maintes et maintes fois de nous tirer en province. Il avait fini par se barrer vivre avec une bibliothécaire dans un vieux moulin de Touraine. Parfois je regrettais mon choix. Mais je n'avais pas voulu m'éloigner de ma mère, de mes frères et de ma sœur. De ma ville.

Le crissement sur le gravier me recolla à la page du présent de l'indicatif.

— Vous pouvez me montrer votre carte ?

Je la lui glissai à travers le portail.

Elle chaussa une paire de lunettes et vérifia attentivement mon pedigree.

C'était une femme d'une trentaine d'années, blonde, les cheveux coupés très court. Vêtue d'une robe austère. Une femme aussi banale que son habitat.

— C'est bon, dit-elle en me la rendant. Vous avez un papier officiel pour rentrer chez moi ?

— Non, avouai-je. Vous n'êtes pas obligée de m'ouvrir. Je viens simplement vous parler de votre sœur.

Son visage se crispa.

— Qu'est-ce qu'elle vous a dit ? demanda-t-elle.

— Je préférerais vous en parler à l'intérieur. Ce n'est pas si simple que ça, madame.

Elle tritura le boîtier de ses lunettes et posa un regard interrogateur sur moi. Les neurones bataillaient ferme pour lui indiquer la réponse à ma requête. Finalement, le clan des OUI emporta à l'arraché le référendum et elle m'ouvrit la porte.

— Vous êtes très méfiante.

— Après ce qui est arrivé à mon beau-frère...

— C'est votre sœur qui vous a prévenue ?

Elle tourna les talons en guise de réponse. Je la suivis dans l'allée de graviers. Un bas-rouge attaché par une chaîne dans la maison se mit à aboyer comme un fou en frappant la terre de ses lourdes pattes. « Il avait raison, Prévert, de préférer les chats aux chiens », frima mon double qui avait dû mener de brèves études littéraires à mon corps défendant, car il n'existe pas de

74

chats policiers. Indéniable que mon double tentait de m'inoculer son inimitié pour les flics.

Elle colla ses chaussures sur une des paires de patins garées à l'entrée et me demanda de l'imiter.

Nous entrâmes dans une pièce tout en longueur et basse de plafond. La porte-fenêtre donnait sur un jardin bien entretenu, avec, au fond, l'incontournable cabanon qui renfermait les outils et les nains de jardin à la retraite.

D'un geste las, elle me désigna un fauteuil en cuir devant une table basse en verre. Je ne me fis pas prier. Marre de jouer à la Surya Bonaly de parquet.

— Qu'est-ce que vous voulez me dire, alors ?

Elle semblait pressée de me raccompagner.

— Vous savez que nous avons emmené votre sœur à l'hôpital ?

— Oui, je sais, dit-elle.

— Comment l'avez-vous su ?

Elle tritura ses boucles d'oreilles.

— La gardienne de leur immeuble m'a téléphoné. Elle est toujours à l'hôpital ?

— Votre sœur vous a-t-elle appelée le jour du meurtre ?

— Oui. Elle rentrait de Mammouth et venait de découvrir le... le corps d'Arthur. J'avais voulu passer chez elle, mais elle m'avait dit de m'occuper de Damien et qu'elle m'appellerait plus tard...

— Vous a-t-elle dit quelque chose d'autre ?

Elle réfléchit un instant.

— Non... Elle est encore à l'hôpital ?

— Non.

Elle eut un imperceptible sourire.

— Elle est rentrée chez elle, alors ? demanda-t-elle, l'œil rivé sur le téléphone posé sur la table.

— Non.

Elle tressaillit.

— Où est-elle, alors ?

Je me raclai la gorge.

— Elle a été enlevée.

Elle écarquilla les yeux.

— Qu'est-ce que vous dites ? bégaya-t-elle, le corps parcouru d'un nouveau frisson.

— Ne vous inquiétez pas. On s'en occupe très sérieusement.

Elle leva les bras au ciel et les laissa retomber lourdement sur ses cuisses.

— C'est pas vrai ! hurla-t-elle, tandis que le barrage des paupières céda sous la pression des larmes. C'est pas vrai !

— Écoutez-moi ! gueulai-je plus fort qu'elle. Si vous nous aidez, cela accélérera nos recherches.

Elle s'effondra sur le premier fauteuil à portée de fesses et planqua son visage dans ses mains.

— Calmez-vous, continuai-je d'une voix plus douce. Nous n'avons pas tous les éléments en mains pour retrouver ses ravisseurs... mais je vous assure qu'on va y arriver. Croyez-moi.

Un long silence ponctué de sanglots étendit alors ses tentacules sur le salon.

— Qu'est-ce que vous allez faire, alors ? finit-elle par dire.

— Rassembler le plus d'informations possibles. Voilà pourquoi vos réponses me sont indispensables.

Elle se moucha.

— Allez-y...

— Est-ce que vous voyiez souvent votre sœur et votre beau-frère ?

— Oui... disons une fois par semaine. Et Mathilde me téléphonait presque tous les soirs.

— D'où provenait l'argent qui leur a permis de s'acheter d'aussi luxueuses voitures ?

Elle haussa les épaules.

— Je ne sais pas.

Elle croisa mon regard dubitatif et ajouta :

— Je pense que c'est parce qu'Arthur avait pris de l'avancement dans son entreprise. Il devait gagner beaucoup mieux sa vie.

— Vous ont-ils parlé d'un gain au Loto ?

Elle répondit d'un hochement de tête négatif.

— Quel poste occupait votre beau-frère au sein de sa société ?

— Mathilde m'a dit qu'il était vigile... et qu'il était souvent chargé de convoyer des objets précieux en Europe. Je crois qu'il s'agissait surtout d'œuvres d'art et des trucs concernant la recherche technologique. Il ne s'étendait jamais sur son boulot.

— Il avait des projets ?

— Oui, dit-elle en s'essorant les mains, de s'acheter une maison.

— Votre sœur vous a paru étrange ces derniers temps ?

— Non... Si... C'est la première fois qu'elle m'a laissé aussi longtemps Damien chez moi. D'habitude, je le garde juste le week-end. Elle m'a dit que le médecin lui avait conseillé qu'il devait se reposer un peu... Elle m'a fait promettre de n'ouvrir à personne... mais ma sœur est quelqu'un de très angoissé. Il est vrai que cela s'est accentué depuis quelque temps...

— Depuis quand ?

— Je crois que c'est depuis que Arthur a eu des responsabilités à Euro-Plus. Ils s'engueulaient souvent... Il faut dire qu'Arthur était souvent en déplacement.

— Votre sœur travaillait ?

— Non.

Un gamin apparut sur le palier. Il se frotta les paupières avant de descendre pieds nus.

Il se blottit aussitôt contre elle.

— C'est Damien... Tu pourrais dire bonjour quand même, Damien.

— C'est qui ? demanda-t-il à voix basse.

J'esquissai un sourire.

— Je suis une amie de tes parents.

Il secoua la tête.

— C'est pas vrai... Je t'ai jamais vue.

— Je vais chercher tes chaussons, mon p'tit loup, dit-elle avant de le déposer dans un fauteuil.

— Tu as fait de beaux rêves ?

Il me fixa de ses grands yeux clairs aux cils comme des balayettes.

— Non, lâcha-t-il.

— Pourquoi ?

— Ben... Je rêve pas quand mon papa et ma maman sont pas avec moi, affirma-t-il comme une évidence.

Ce gosse avait senti la présence insidieuse du malheur dans son existence.

— Et toi, tu rêves ? me sonda-t-il.

— Quelquefois...

En moins de temps qu'un voleur pour ouvrir un vieil antivol de vélo, je me retrouvai assise en tailleur dans sa chambre à l'écouter me faire l'article de ses jouets.

— Tu sais... mon papa m'a promis de m'emmener à Disney.

— C'est bien.

— Ton petit déjeuner est prêt ! cria sa tante.

— Il faut y aller maintenant, Damien.

Il grimpa sur le lit.

— Tu me portes... comme papa.

Je le hissai sur mes épaules.

— C'est bon ?

— Oui.

Je trébuchai sur une espèce de boîte en plastique aux couleurs vives.

— C'est quoi, ça ?

— C'est mon magnéto, me répondit-il avec un sourire équipé de sacrées dents du bonheur.

— Pourquoi il est tout scotché comme ça ?

— Mon papa veut pas que je m'en serve... il va m' le réparer ou m'en acheter un mieux. Je crois qu'il est foutu, conclut-il avec une petite moue triste.

Je descendis l'escalier avec Damien qui se croyait sur Idéal du Gazeau au prix d'Amérique.

— Tata ! Tata ! s'écria-t-il en freinant son canasson par le cou.

— Tu exagères, Damien.

Je l'aidai à descendre de sa monture.

— Ne le grondez pas. C'est moi qui lui ai proposé. Vous savez que vous avez un neveu imbattable sur les animaux. J'ai pris des cours là-haut.

— Il passe son temps dans les bouquins, dit-elle avec une certaine fierté. Allez ! Damien, tu vas prendre ton chocolat.

Il trotta vers la cuisine.

— Tu pourrais dire au revoir quand même, le sermonna-t-elle.

— Il doit être pressé de déjeuner...

Elle s'apprêta à parler mais se ravisa et me raccompagna sans un mot.

— Mathilde se droguait, murmura-t-elle lorsque nous fûmes sur le seuil de la porte. Elle s'était complètement arrêtée à la naissance de Damien. Et... et l'année dernière, elle a eu une rechute. Elle en a pris deux fois.

— Et depuis ?

Elle haussa les épaules.

— Je ne crois pas. Elle a tout de suite été prise en charge par un médecin.

— Son mari en prenait ?

— Je ne crois pas non plus qu'il en ait repris depuis sa cure il y a huit ans.

Elle me demanda de ne pas ébruiter ses confidences au sujet de sa sœur.

Je répondis à sa requête d'un hochement de tête évasif et lui tendis la main.

— Au revoir, madame Vaillant. Oh ! excusez-moi, je n'ai pas remis les patins.

— C'est pas très grave, soupira-t-elle avec un coup d'œil machinal à son parquet.

15

Jean Coste bouffait sa ratatouille accompagnée d'un jus de gingembre. Et d'un représentant de l'ordre. Notre végétarien semblait très agacé de devoir se farcir aussi un poulet à sa pause déjeuner.

Surtout devant ses collègues de « Bio-Marché », l'un des supermarchés bio de Batrouil : des spécialistes du bien-vivre. L'archétype des gens qui traînaient leurs guêtres dans les associations et manifs, avec des idées clairvoyantes pour le pékin moyen et aveugle comme moi qui s'encrassait les poumons et demeurait sourd aux gémissements de la planète. Ils m'avaient reluquée d'une drôle de manière lorsque j'avais traversé le magasin comme s'ils avaient senti mon indéfectible appartenance à la race des fumeurs... et des paranos.

Avec son costard à carreaux croisé, la quarantaine dynamique cristallisée dans une large mâchoire, Coste ne leur ressemblait pas du tout. Je l'aurais plutôt vu assis confortablement à l'intérieur d'une grosse BM à surveiller ses employées en tenues légères, été comme hiver.

Cependant, au fur et à mesure qu'il parlait et, apparemment il aimait jacter, son aspect se radoucissait. Presque sympathique. Et transparaissait alors un type émouvant dont l'agressivité était un des avatars de l'énergie déployée pour s'en sortir : un self-démerde-man. Un abonné des cours du soir et des briques à la sauce cailloux. Toute sa culture acquise grâce à un formidable slalom entre les contraintes était devenue un missile dirigé contre tout ce qui représentait un quelconque pouvoir. Un révolté borné. Facilement manipulable. Un type, certes manichéen et perclus de certitudes, mais qui ne semblait pas manquer de solidarité pour son prochain.

— Je vais ai tout raconté, interrompit-il tout à coup ma digression empathique.

Je me raclai la gorge pour me laisser le temps de retrouver ma route et demandai :

— Dasilva se défonçait-il ?

Il s'enfourna un énorme morceau de pâté végétal dans la bouche.

— Qu'est-ce que ça peut faire maintenant qu'il est mort...

— Répondez.

Il soupira.

— Ouais... Il prenait de la coc.

Je parcourus du regard les murs de la cantine transformés en dazibao en quadrichromie. Une affiche dénonçant la faim dans le monde côtoyait une autre plus petite qui appelait à un arrêt planétaire des essais nucléaires, et, au-dessus, un vélo fluo qui grimpait à la tour Montparnasse rameutait à une manif pour l'extension des pistes cyclables. D'autres affiches encore vantaient les mérites des produits bio et annonçaient diverses manifestations d'associations écologistes ou naturopathes. Le professeur L. Sablanc, un quinquagénaire bien dans sa peau, en-costarté assez strict mais peut-être équipé d'une natte de cheveux blancs dans le dos, invitait avec un large sourire à un cycle de conférences sur : « La nouvelle écologie en marche. » À quelques centimètres de lui, une superbe rousse, la tête sur une pelouse et les pieds prêts à décoller vers un ciel plus bleu qu'un paquet de Gauloises, assurait la promo d'une session de yoga intégral dans un château du Lubéron.

« Inscris-toi à un stage de poterie ou de tir à l'arc », me suggéra mon double.

— Comment saviez-vous qu'il prenait de la coc ?

Silence.

— Je... je...

— Vous en prenez ? demandai-je.

— Non... Mais je l'ai vu se faire un rail, un matin, alors que je prenais mon service et...

— Et quoi ?

Il fronça les sourcils.

— J'ai surpris un jour une conversation téléphonique où il était question d'un gros arrivage.

— Vous pensiez qu'il dealait ?

— Je ne peux pas l'affirmer, avança-t-il avec prudence, mais il y a de fortes chances que ce soit possible.

— Il prenait autre chose, genre héro, exta, crack ?

— Non, je ne crois pas. La coc, c'était pour tenir le rythme... Il passait vachement de temps sur les routes et bossait comme un fou. La plupart des gens qui bossent pour Maury sont vidés, il paye bien, mais les gens y laissent leur peau. J'en sais quelque chose... ce type est un vrai négrier...

Je le laissai écouler ses thèses révolutionnaires sur le partage du temps de travail, le pouvoir exorbitant des patrons en période de crise et le manque d'humanité de notre société axée sur le profit, avant de l'interrompre d'un trivial :

— Quels étaient vos rapports avec Dasilva ?

Sa petite grimace m'indiqua que l'information de la gardienne de son immeuble relative à son inimitié avec son ex-collègue n'était pas erronée.

— C'était pas du tout ma tasse de thé, répondit-il après un silence embarrassé.

— Pourquoi ?

Il m'expliqua alors que Dasilva ne pouvait pas le blairer à cause du syndicat et de l'amicale des locataires, ils avaient même failli en venir plusieurs fois aux mains. Puis il conclut par une charge lourde contre Maury.

Il avait bon dos, le patron.

— Comment êtes-vous passé d'une société comme Euro-Plus à une boîte comme celle-là ?

Il me répondit d'un sourire goguenard.

Je le dévisageai et réitérai ma question.

— On prend ce qu'on trouve. Et les horaires sont très souples... ce qui me permet d'avoir des activités annexes.

— Quel genre d'activités ?

— Proxénétisme, braquage de banque, terrorisme.

Il me mata un instant pour relever les compteurs de son humour : le genre de type qui possédait beaucoup d'humour lorsqu'il se taisait.

— Je prépare une licence en psychologie.

— Vous pensez qu'il s'agit d'un crime lié à la came ?

Il haussa les épaules.

— J'en sais rien.

— Vous n'aimez pas Maury ?

Il eut un rictus.

— ... je le déteste.

— Vous êtes apparemment le seul à ne pas l'apprécier...

Il secoua la tête.

— Les autres ont tous la trouille de perdre leur

place. Il peut les faire bosser 24 h sur 24 qu'ils ne l'ouvriraient pas.

Je m'approchai de la fenêtre de la cantine où nous n'étions plus que tous les deux et un type qui nettoyait des tables. De l'autre côté de la rue, un barman confectionnait derrière son comptoir des bières pour un client en bleu de travail : un endroit, certes plus pollué, mais plus gai.

— C'est fini ? demanda-t-il.

— Ouais, répondis-je.

Ma main tendue ne rencontra jamais ses phalanges.

Ses gros doigts martyrisaient un pauvre bout de pain bio pour rendre nickel son assiette.

16

Sur la bordure en gazon du périphérique, des hommes en uniforme s'affairaient autour d'un corps. Pendant ce temps-là, les phares des voitures continuaient de s'enfiler docilement autour de la capitale telles des rangées de perles sur un collier : « *les migrations quotidiennes de travail* » comme les nomment les sociologues.

Le bruit de la circulation obligeait à parler fort.

— Nassima ! gueula une voix familière.

— Philippe ! m'écrai-je. Le gros Philippe.

— Ça fait une paye qu'on ne s'était vus !

— Qu'est-ce que tu fous là ?

— Quand j'ai entendu le brigadier t'appeler, je me suis dit que j'allais te faire la surprise. Paraît que tu es commissaire. Belle promo !

Nous avions travaillé ensemble dans le XVᵉ lors de ma première affectation. Il n'avait cessé de me draguer. Continuellement en train de critiquer la vie de couple, d'envisager le divorce, de tenter sa chance avec tout ce qui bougeait, de radoter qu'elle l'emmerdait, il était tout le temps accroché au téléphone avec sa tendre épouse. Un matin, elle était venue taper l'esclandre car il lui avait emprunté sa voiture pour se rendre au boulot. Le surhomme prêt à conjuguer à tous les temps les aventures extra-conjugales s'était ratatiné en excuses devant sa femme.

Il me lécha joyeusement la joue et ne dérogea pas à sa manie de peloter l'épaule.

— Tu te maquilles, maintenant ?

— Fais gaffe, le charriai-je, je t'ai mis du rouge à lèvres... tu vas te faire engueuler par ta femme.

Il tapota sur son ventre.

— T'as vu, frima-t-il. Tu me trouves comment ? Fini la bidoche maintenant. Fini l'alcool et tout le tremblement...

Je souris en constatant que l'expression « et tout le tremblement » me provenait de l'époque de mon tandem avec Philippe.

— C'est vrai que tu as vachement perdu...

— Je te plais comme ça ?

— Tu bosses dans le coin ?

— Non. Je rentrais avec ma caisse quand j'ai vu le cadavre... et j'ai appelé un car. Bon, ma p'tite, c'est pas que je m'ennuie avec toi, il faut que j'y aille sinon ma femme va faire la gueule si je suis pas à l'heure pour bouffer. Putain ! La vie de couple... Au fait, comment va Michel ?

— On a divorcé depuis trois ans.

— T'as un nouveau mec ?

— Non.

Il lissa sa moustache et dit :

— T'es la plus heureuse. Merde ! huit heures, j'y vais.

Après avoir gravi la légère pente pour rejoindre la rue, il transforma ses mains en porte-voix :

— Je suis à Gambetta, passe me voir un d'ces quatre. Je t'inviterai à bouffer.

Je lui adressai un signe et me penchai sur le corps de la femme.

« Merde ! », soupirai-je.

Elle était allongée sur le dos, la tête légèrement sur le côté, les jambes écartées, sa jupe remontée sur ses cuisses. Le talon d'une de ses bottines était brisé.

À côté d'elle, une seringue tâchée de sang et son sac grand ouvert. Le garrot serrait encore son avant-bras qui portait des traces de piqûres récentes en plusieurs endroits. Comme si elle avait eu du mal à trouver une veine.

— Plutôt moche comme fin, fit le brigadier qui n'appréciait guère cette accumulation de morts sur le seuil de sa retraite. Une overdose sur le bord du périphérique

— Ouais...

— On a trouvé un sachet de poudre dans son sac, dit-il.

— Beaucoup ?

— Environ trois cents grammes.

Je fermai mes yeux et massai mes paupières.

En à peine quarante-huit heures, l'existence d'un gamin venait d'être amputée de l'essentiel.

Si Dieu avait bossé six jours pour créer le monde, il avait été beaucoup plus rapide pour pourrir la vie de ce gosse.

17

— Pff... J'suis sûre que l'hiver va être très très dur cette année, se lamenta une vieille.

— Ça, c'est sûr, aquiesça la boulangère, une rousse avec une poitrine aussi impressionnante que ses tourtes de pain. Votre Pastis est prêt, m'dame Couybes.

— C'est mon gendre de Toulouse qui va être content, dit la vieille. Il adore le Pastis... C'est son dessert préféré.

Dès que la boulangère eut le dos tourné, Manu bouscula la vieille et s'empara de deux boules de pain. Il ouvrit la caisse et se rua dehors.

— ...

La vieille n'eut aucune réaction, son porte-monnaie toujours ouvert dans sa main.

— Le gosse qui était là ! hurla-t-elle lorsque la commerçante réapparut avec le dessert préféré de son gendre. Il a volé votre caisse ! Je l'ai vu !

La boulangère s'arrêta net, jeta un coup d'œil sur sa caisse ouverte et brailla :

— Au voleur !

Elle sortit sur le pas de sa boutique et ameuta avec force cris tout le village.

Manu n'attendit pas la présence de tous les administrés devant la boulangerie et courut vers les falaises. « Merde ! », s'écria-t-il quand la tourte de pain lui échappa des mains. Un grondement lui parvint du village. Impossible de s'arrêter et de la chercher dans les fourrés. Il continua de cavaler en serrant l'autre tourte contre son ventre.

Il s'arrêta dans une grotte.

Lorsqu'il pointa peu après le nez dehors, il aperçut en contrebas le petit village ramassé sur une place bordée d'énormes platanes taillés d'une étrange manière.

Une 4L de gendarmes était garée devant la boulangerie.

Il retourna à l'intérieur.

Prostré dans un coin sombre de la grotte suintant d'humidité, il triturait une pierre.

Quarante-huit qu'il s'était barré du domaine et la première fois l'envie.

Une terrible envie !

Les heures précédentes, il n'avait pensé qu'à échapper aux patrouilles des gardes des Maurilles. Et lorsqu'il les avait semés, son estomac vide avait occupé le devant de la scène. Maintenant celui-ci était gavé de pain.

Et son corps réclamait avidement une dose d'une quelconque toxine. Une shooteuse ou une cigarette ? Une cigarette ou une shooteuse ? Une bière ou une shooteuse ?

N'importe quoi... mais très vite !

Il ferma les yeux et essaya de penser à autre chose. Le sommeil le sauva provisoirement.

Il quitta sa planque à la tombée de la nuit.

18

À l'instant où ma main se posa sur l'interrupteur du couloir, j'entendis un bruit. Un imperceptible froissement de tissu. Je remis à plus tard la convocation de la fée électricité et jouai à chat statue.

La porte de l'ascenseur se referma.

Aucun doute : quelqu'un marchait dans la pénombre de mon palier.

J'attendis quelques secondes mais personne ne daigna allumer. J'ouvris alors mon blouson, sortis mon arme, et m'approchai sans bruit du nyctalope de service. Son toussotement m'aida à évaluer la distance nous séparant.

Il cessa soudain son va-et-vient.

Moins d'une seconde pour serrer son cou avec mon bras, balayer ses jambes, et lui coller mon genou dans les reins lorsque son nez rencontra le lino.

J'enfonçai aussitôt mon instrument de travail dans ses côtes et lui demandai :

— Qui es-tu ?

Une bouillie de mot sortit de sa bouche.

Je relâchai légèrement mon étreinte ; juste de quoi lui permettre d'articuler distinctement.

— T'es bargeot, Nassima !

Je l'aidai à se relever.

— C'est toi qui es complètement taré de rester dans le noir, rétorquai-je.

J'allumai la lumière.

— J'ai les vertèbres démolies ! gémit Rachid en se massant le cou. Prends des vacances, Nassima, sinon tu vas finir par nous pondre une bavure.

Je perdis un temps fou à chercher mes clefs sous l'œil goguenard de Rachid.

— Accroche-les au cou comme les mômes au centre de loisirs, me conseilla-t-il.

Je n'étais pas tellement d'humeur à apprécier son humour. Dès que je franchis le seuil de mon appart, je filai sans un mot dans la cuisine et enclenchai la chaudière qui s'ébroua comme un avion au décollage.

— Sers-toi un verre, lui dis-je.

— Je suis venu...

J'avais deviné l'objet de sa visite.

— On verra ça après...

L'eau tiède me détendit un peu. Je décrochai la pomme et passai longtemps le jet sur ma nuque. J'aurais bien passé ma vie sous la douche si ma foutue chaudière avait accepté de me délivrer encore un peu d'eau chaude. Rien ne marchait dans cet appart, excepté la perceuse du voisin qui changeait son décor tous les dimanches matins.

Le visage de Annie Vaillant resurgit.

Je pensais encore à ce gamin qui ne ferait plus jamais de rêves...

J'enfilai une vieille paire de chaussons et me traînai jusqu'au canapé.

— Ça fait du bien une p'tite douche, la frangine ?

— Bof.

— Je t'ai servi un Sky mais je n'ai pas trouvé de glaçons.

— J'ai oublié d'en faire.

— Nassima, s'excusa-t-il, je suis désolé de te faire chier avec mes histoires de thune mais... mais la compta de la mairie est encore en retard.

— Tu as besoin de combien ?

Il se gratta le crâne et annonça :

— Deux cents, trois cents balles.

— Ça marche pour deux cents, dis-je.

J'avalai une bonne gorgée de whisky afin d'anesthésier mes pensées funestes.

— Dès que j'ai un peu de thune, je te les...

— Laisse tomber, tu me les rendras quand tu pourras.

— Merci.

— Tu veux bouffer quelque chose, Rachid ?

— Non, je n'ai pas faim.

— Tu es sûr, insistai-je.

— Puisque je te le dis.

— J'ai des tomates farcies surgelées...

— T'es aussi lourde que la daronne, soupira-t-il, irrité par la photocopie de sa mère. Je t'ai dit que je n'ai pas faim !

— Ressers-moi un coup, alors.

— Tu n'as pas l'air en forme, toi.

Je haussai les épaules.

— C'est pas la joie en ce moment.

— Pourquoi ?

— En trois jours, deux cadavres... et un orphelin.

— Tu n'y peux rien, me consola-t-il. C'est ton taf...

Il commençait à accepter sa grande sœur flic. Du coin de l'œil, je le regardai rouler sa cigarette. Lorsque j'avais annoncé à ma famille ma décision d'entrer dans

la police, il avait claqué la porte et m'avait traitée de
« collabo » !

— Ton nouveau collègue, il bosse bien ?

— Laisse tomber... Monsieur n'est pas venu aujour-
d'hui parce qu'il avait une petite fièvre.

— Tu devrais te mettre en maladie, toi aussi. Tu fais
trop d'excès de zèle.

J'eus un geste désabusé.

— Qu'est-ce que tu veux que je foute entre quatre
murs !

— Écouter de la musique par exemple, lire,
peindre... Tu ne vas pas passer ton temps à aller au
boulot, revenir du boulot, dormir avec ton boulot...
Rappelle-toi ce que tu faisais quand tu étais gamine et
refais-le maintenant.

— Je n'aimais rien faire.

Il secoua sa main, agacé.

— Tu m'énerves quand tu dis des trucs comme ça !

— Pourtant c'est vrai.

L'œil dans le vague, il tira plusieurs taffes.

— Je suis désolé, dit-il après un bon moment, mais
moi, je me souviens que tu adorais sculpter... Et pourtant j'étais tiquenot. Tu ramenais toujours des mor-
ceaux de bois que tu taillais sur la table de la cuisine.
Tu te rappelles pas comment la daronne gueulait
quand tu foutais plein de copeaux dans l'appart. D'ailleurs, y a encore une de tes sculptures dans le meuble
de la chambre du fond.

Je me resservis un verre.

L'évocation de ce passé me procura un plaisir mêlé
d'inquiétude. Taquiner le bois avec des gouges avait
été ma grande passion, mes seuls vrais moments de
détente. Je pouvais passer des après-midi entières dans
le garage de mon cousin à sculpter tandis qu'il réparait

94

ses bagnoles. Mon double était, lui, ravi de l'émergence de cette période des jours heureux.

— Laisse tomber tout ça, Rachid !

J'avais hâte de refermer la trappe de la mémoire qu'il venait d'entrouvrir.

Il n'insista pas et se roula une autre cigarette.

— Je vais m'y mettre, moi aussi, dis-je.

— À quoi ?

— À rouler mes clopes... C'est tellement chiant que je fumerai peut-être moins.

— Rajoutes-y un peu de Beu, rigola-t-il.

Tu fumes toujours ? l'interrogeai-je avec l'inévitable ton moraliste de la grande sœur.

— Pas en ce moment... j'ai pas de thune.

Dire que je n'avais jamais fumé de shit grâce à une phrase du commissaire San Antonio : « ... la vie est assez stupéfiante comme cela ». Peut-être aussi à cause de lui que je m'étais foutue dans la police.

Pendant une longue minute, chacun fuma sa cigarette sans un mot.

Il écrasa son mégot et reprit l'offensive.

— Nassima, je suis persuadé que si tu te remets à la sculpture...

— Laisse tomber.

— Franchement, t'es pas faite pour ce taf.

Je répliquai sèchement :

— Arrête de dire des conneries !

Il termina son whisky et se servit un autre verre.

— C'est pas des conneries. Même si tu cherches à le nier, tu avais un tempérament d'artiste...

— Tu te plantes.

— Si... Seulement nos vieux ne savaient ni lire ni écrire, et c'est toi qui remplissais les papiers. En plus du fait que tu t'occupais d'eux, tu t'es aussi occupée de nous.

Il but une gorgée et me dévisagea pour repérer l'impact de ses propos.

— Quand le père s'est tiré avec sa Normande, reprit-il, c'est toi qui as pris sa place : la place d'un chef de famille. Et tu as foutu ta jeunesse en l'air. Je suis sûr que maintenant, quand tu penses à ta jeunesse, il n'y a plus que les images d'une jeune gamine ayant grandi en accéléré. Beaucoup trop vite.

La finesse d'observation et les analyses au scalpel du frangin m'avaient toujours étonnée. C'était lui qui aurait dû rentrer dans la police.

— Tu n'as peut-être pas tort, concédai-je, mais dans la vie on ne fait pas toujours ce qu'on veut.

Le genre de phrase-antivol d'une conversation.

— Maintenant que tu gagnes bien ta vie, paye-toi des cours de sculpture. Demande à ton pote Boris... Ça te détendrait de sortir de ton milieu. Tu as beau dire ce que tu veux : tu n'es pas une keuf comme les autres.

— Arrête de parler de ce que tu ne connais pas.

Il désigna ma bibliothèque.

— Tu en connais beaucoup des flics qui ont les œuvres complètes de Guillevic, Ungaretti, Pessoa, Rilke.

Tiens, constatai-je, les Dasilva sont issus du même pays que Pessoa.

— Ça ne veut rien dire du tout.

— Nassima, ça se voit que tu déprimes.

— Je suis crevée... c'est le boulot.

— Je sais bien que tu as besoin de croûter mais fais gaffe à pas y laisser ta peau. Justement en parlant de peau, ce n'est pas par hasard que tu es rentrée chez les poulets.

— Comment ça ?

— En tant qu'étrangère, m'asséna-t-il, tu avais besoin de te faire accepter.

— C'est faux !

96

Un sourire plissa ses lèvres.

— Tu vois, Nassima, tu te fâches parce que ça te touche encore. Ne me dis pas le contraire.

— Pas du tout, marmonnai-je.

— T'es devenue flic en grande partie pour te faire donner du madame par toutes les concierges de l'Hexagone. Tu rendais les sacs que nos cousins piquaient dans la rue... Ta culpabilité était tellement importante que tu l'as occultée en faisant ce job. J'exagère peut-être un peu, je caricature, mais avoue qu'il y a quand même un peu du vrai dans ce que je raconte.

Il m'emmerdait à avoir raison. Les jeunes frères ne devraient avoir que des oreilles...

— Ouais ! C'est vrai que je suis devenue flic pour que les vieilles ne serrent pas leur sac à main en me croisant dans la rue, pour digérer les humiliations du bâtiment M à la préfecture... Mais tu simplifies quand tu penses que nos doutes permanents proviennent uniquement de nos origines...

— Y viennent d'où, alors ?

Je lâchai d'une voix lasse :

— Nous n'étions pas dans notre patrie... et notre père nous avait abandonnés.

Un nuage noir obscurcit aussitôt son regard.

— C'est vrai ce que tu dis, dit-il après un petit silence embarrassé. C'est vrai.

Je n'aimais pas le voir dans cet état.

— Parlons d'autre chose, Rachid.

Il passa sa langue sur ses lèvres.

— Pourquoi ? C'est intéressant. Tu viens de résumer en une phrase tout ce que nous avons vécu. Jamais nous n'avons eu une conversation aussi poussée que celle-là. Nous avons des trajectoires différentes, des situations antagonistes dans la cité ; je suis du côté des rebelles et toi, du côté de ceux qui veulent les casser...

— Les canaliser, rectifiai-je.

— Si tu veux. Mais je crois que... je pense que tous les deux, nous avons hérité d'une blessure : une espèce de dérive intime.

Un peu ivre, j'enroulai mon bras autour de son épaule. Il s'empressa de le retirer, gêné par cette marque inhabituelle d'affection.

— Ce que j'aime bien chez toi, bredouillai-je, c'est ta manière de parler... toujours avec des images. Tu es vraiment le poète de la famille.

— Non, dit-il, l'index pointé sur la bouteille. C'est elle, le poète. Elle était quasiment pleine.

— Et ton boulot à toi ?

— Tu sais, souffla-t-il, les centres de loisirs, c'est le train-train... S'il n'y avait que les mômes, ça irait mais la direction...

— Je te parle pas de ça. Je te parle de tes textes, de tes poèmes.

— J'écris plus de poèmes.

Je le dévisageai, stupéfaite.

— Pourquoi ?

— Disons que j'en écris différemment.

— Explique, plaisantai-je, tu sais que je suis qu'une flic...

Il gigota sur le fauteuil comme un ado devant une conseillère d'orientation.

— J'ai toujours dit et écrit que le mot est la patrie du déraciné, le mot-berceau, le mot-tombeau... Bref, tous mes aphorismes que tu connais par cœur... Ben, j'ai laissé tomber tout ça.

— Mais pourquoi ?

— Laisse-moi t'expliquer. Maintenant, je me suis lancé dans l'écriture d'un roman. Une espèce d'intime fiction. Je ne laisse pas complètement tomber la poésie, mais je veux la diluer dans une histoire.

98

— C'est du boulot, ça, sifflai-je, admirative.

— Doucement, c'est pas encore fait.

— Tu me feras lire ?

— Merde ! Il est déjà minuit et demie. Je vais rater le dernier tromé.

— Tu vas rentrer comment ? m'inquiétai-je.

— En bus de nuit ou à pied.

— Qu'est-ce que tu vas foutre à Paris à cette heure-ci ?

Un sourire malicieux éclaira son visage très mat, le plus typé de la famille.

— Je vais me coller dans un bistrot, je vais regarder les gens passer... et je vais écrire.

Je l'accompagnai en titubant jusqu'à la porte, un peu confuse de mon ivresse.

— Salut, dit-il, et à une prochaine, Colom-beurette.

— T'en sors vraiment des bonnes, le frangin... Tu fais plus la bise, maintenant ?

— Après ce que tu m'as fait dans le couloir, tu rigoles. Allez, à dimanche prochain chez Ima Benarous.

Rachid faisait partie des trente pour cent de Français qui ne prenaient jamais l'ascenseur.

— Merde ! Il les a oubliés !

J'introduisis les deux billets de cent francs dans une enveloppe et ouvris la fenêtre.

— Rachid !

Il leva la tête.

— Quoi ?

— Tu as oublié ton fric.

— Quoi ?

Je criai :

— Attrape !

L'enveloppe flotta dans l'air comme un avion en papier.

19

Sans quitter des yeux des feuilles manuscrites, le patron me dit d'une voix grave :

— Installez-vous, Benarous.

Installé derrière son bureau, il continua de lire un bon moment comme si j'étais invisible. Deux ou trois fois, il soupira et griffonna une feuille.

Sa petite taille sanglée dans un costume gris ainsi que sa voix douce, presque inaudible, faisaient naître souvent un sourire sur les lèvres des gens ayant affaire à lui. Mais lorsqu'au cours de la conversation, il les fixait avec ses yeux vifs et froids, leurs sourires fondaient aussitôt.

— Benarous, commença-t-il, si je vous ai convoquée aujourd'hui, ce n'est pas pour vous féliciter...

— Je m'en serais doutée, ironisai-je.

Le patron était peu porté sur l'humour. Mais très vite, il s'était rendu compte que mon insolence était inextinguible et la lutte, inutile. Il avait fini par s'habituer et n'entendre que ce qu'il avait besoin d'entendre.

— Je suis donc tombé sur cet article concernant la mort de la femme de Dasilva, dit-il avec son regard qui tue.

— Je me demande comment les journalistes ont pu être au courant aussi vite. C'est arrivé hier soir.

Il sortit une énorme boîte d'allumettes de son tiroir et alluma sa Marlboro. Et je sautai sur l'occasion pour m'en griller une. Important pour une fumeuse comme moi d'avoir un patron jouant dans la même catégorie.

— Ils ont bien rempli leur rôle, EUX, me balança-t-il en pleines dents. Il est donc écrit dans ce petit article que cette femme, dont le mari avait été assassiné samedi, a été enlevée dans l'hôpital de Batreuil alors qu'elle était sous notre protection. Et elle a été retrouvée morte de surdose sur le bord du périphérique... En possession de quatre cent cinquante grammes d'héroïne pure.

Je hochai la tête.

— Monsieur le divisionnaire, je ne crois pas au trafic de drogue. Ni d'ailleurs à l'overdose. Ça me paraît vraiment trop gros... Je crois que c'est cousu de fil blanc et d'ailleurs...

Il agita le journal au-dessus de son bureau.

— Je me fiche de ce que vous croyez ! En attendant, la ville et ses élus y croient dur comme fer. J'ai même reçu ce matin un coup de téléphone du maire me demandant si sa ville n'allait pas être de nouveau la plaque tournante du département.

Il alluma une cigarette à la précédente et se chargea de me rafraîchir la mémoire :

— Vous souvenez-vous, Benarous que, lorsque je suis arrivé dans cette ville, des quartiers entiers étaient en proie à la drogue, que des trafiquants internationaux s'y étaient installés et inondaient tout le marché parisien ?

J'acquiesçai, bien obligée.

— Avec votre aide, reprit-il en me caressant un peu dans le sens de la promotion, nous avons réussi à

101

démanteler le réseau et donner à cette ville une certaine tranquillité. Autant que faire se peut. Votre accession au poste où vous êtes actuellement est due en grande partie à votre pugnacité et efficacité dans cette opération d'assainissement et l'interpellation de trois gros bonnets.

L'évocation de mes bons états de service était sûrement un tremplin pour me glisser une petite vacherie.

— Je comprends votre agacement, dis-je, un brin démago, mais je suis sûre que la drogue est l'arbre qui cache la forêt.

— Benarous, il ne faut pas jouer à l'autruche !

— Mes indics m'auraient tenue au courant.

— Vos indics n'ont pas signé un C.D.I. avec le ministère de l'Intérieur que je sache !

Je m'apprêtai à distiller une contre-vanne mais me ravisai in extremis au contact de son regard noir.

— Je ne vous jette pas uniquement la pierre à vous, se radoucit-il. Mais nous nous sommes peut-être reposés sur nos lauriers en pensant avoir verrouillé le trafic. Je pense que des gros bonnets essayent de s'implanter dans notre secteur. Je m'en doutais en apprenant la réouverture de la boîte techno près du centre-ville, un bon coup pour les vendeurs d'ecstasy... Sans oublier toutes ces usines dans les ZAC qui sont squattées et qui servent de lieu de concerts...

Inutile de lui expliquer que ces usines étaient aussi des ateliers-galeries pour les braconniers de l'art n'ayant pas quatre mille balles à foutre dans un loyer. Je m'étais promis, pour rigoler, de l'inviter lors des prochaines portes ouvertes des ateliers. Peut-être qu'en dehors des heures de service, le patron était un grand collectionneur d'Arte-Povera.

— Benarous, conclut-il, il ne faut pas se laisser

prendre de vitesse comme vos prédécesseurs qui ont laissé un trafic s'établir et prospérer.

Je ne me sentais pas d'attaque et abdiquai.

— D'accord, Monsieur le divisionnaire, je vais voir dans cette direction.

— Très bien, fit-il, satisfait.

Il se replongea dans son dossier.

Aussitôt sortie de son bureau, je me calmai sur le distributeur de boissons énervantes. J'avais besoin de boire un café pour digérer l'engueulade et tenter de découvrir d'où provenait la fuite. De la femme de ménage au patron, tout le monde respectait le code de déontologie interne : ne jamais l'ouvrir devant un please-copie. Ici, pas de choc des mirages ni de poids des flots. Je voyais mal l'interne de garde ou le directeur de l'hôpital s'étendre. L'indiscrétion provenait obligatoirement de la maison.

— Tu rêves, Nassima, me réveilla la voix caverneuse de Daniel, le plus ancien inspecteur de la brigade.

Une sorte de Depardieu brun. Jamais il ne quittait sa veste de combat, et certaines mauvaises langues racontaient qu'il était né avec. Il avait une passion pour les vieux instruments de musique. J'avais eu l'occasion de bouffer chez lui dans un bled près de Fontainebleau. Sa maison héritée de ses parents, une petite bicoque à mi-chemin de la caverne et de la roulotte, n'était qu'un musée à la gloire d'instruments de musique d'un tas de pays. Alors qu'il ne savait jouer que du calibre 38.

— Fais gaffe, Nassima ! Le patron est de mauvaise humeur ce matin, me prévint gentiment Daniel.

— Je sais, je sais, je sors de son bureau.

— Ouais, c'est à cause du canard.

Je lui empruntai *Parisien* et lus le supplément *Seine Saint-Paul*.

BATREUIL

« Une Batreuilloise âgée de trente-neuf ans a été retrouvée morte à quelques mètres du périphérique, apparemment d'une overdose. La police a découvert près d'elle 450 g d'héroïne.

On peut se demander si la ville de Batreuil ne va pas être submergée de nouveau par le trafic de drogue comme il y a quelques années... »

Je parcourus un papier sur la proposition d'un député envisageant d'interdire la vente de répliques d'armes aux adolescents dans les supermarchés.

— Je peux le garder ?

— Attends, dit-il en déchirant la page des courses. J'ai joué gagnant sur Fahim 1er. Beaucoup de fric. Il a couru dans beaucoup de réclamés, mais il a une bonne réduction kilométrique. C'est un canasson qui a quelque chose dans les sabots. Je le sens.

— Arrête ton charabia, je n'y comprends que dalle.

— Y a une nocturne ce soir, me proposa-t-il, tu veux venir ? Y a de plus en plus de nanas qui vont sur les champs de courses.

— Tu es cinglé... j'ai déjà du mal à gérer mes vices.

Je regagnai mon bureau et me délayai dans la lecture du quotidien en buvant un café.

Gauthier se pointa une demi-heure plus tard, il sifflotait joyeusement. Il avait l'air du type qui venait de gratter un bon Tacotac.

— C'est à cette heure-là que tu débarques !

Je jetai le journal sur mon bureau.

— ...

Mon tutoiement le déstabilisa. Môssieur préférait

être vouvoyé pour « avoir un rapport objectif et ne pas être parasité par des contingences socio-affectives ». Je m'étais retenue d'éclater de rire lorsqu'il m'avait débité solennellement sa phrase encore toute chaude sortie de la bouche d'un de ses profs.

Désormais, il allait être initié à nos habitudes, à nos *ruses et coutumes*. Finis les gants avec le nouveau.

— J'ai fait un saut à l'entreprise où travaillait Dasilva, riposta-t-il sans grande énergie.

— Hum ! Hum !

— J'y ai découvert des choses très intéressantes, s'autocongratula-t-il. En plus, hier, comme ça allait un peu mieux, je suis venu vérifier plusieurs détails qui me semblaient bizarres dans son dossier. D'ailleurs...

Je le laissai exposer toutes ses trouvailles avant de foutre un coup de poing sur le bureau.

Il sursauta, inquiet.

— Tu n'as pas à prendre d'initiatives sans en référer !

Je ne pus réprimer un sourire car ma spécialité était de toujours prévenir la hiérarchie... le 30 février.

Sa mine contrite me confirma la provenance de la fuite. Pas besoin de décodeur pour lire dans son regard : « *Merde ! j'ai fait une connerie !* »

— ...

— Tu sais que tu nous as foutus dans une sacrée merde !

— Je...

— Quelqu'un est passé te voir ici, hier soir ?

— Non.

— Quelqu'un t'a appelé, alors ?

— Oui, une...

— Journaliste ! beuglai-je. Lis ce que donne ta prose !

Je lui fourrai l'article sous le nez.

Il bafouilla une timide excuse que je balayai aussitôt d'un geste d'exaspération.

— Ouais ! Une info toute fraîche ! Qui veut une info toute fraîche avant le bouclage de son canard ! Tu as voulu jouer au super-détective comme au cinoche... mais c'est pas toi qui t'es farci le patron ce matin. Si tu veux faire une carrière de flic de pellicule, inscris-toi au concours du conservatoire. N'importe quel gardien de la paix sait qu'il faut éviter de blablater avec les journaleux. Ta licence de droit ne te sera pas d'une grande utilité si tu ne fais pas travailler ton instinct. Une journaleuse t'appelle, tu lui demandes de rappeler, et ça nous donne le temps de lui servir le scoop qu'on veut...

Il se confondit une nouvelle fois en excuses et ôta son imper en évitant de croiser mon regard.

— Fouille-moi l'existence de Dasilva ! aboyai-je avant de retourner jouer à la machine à café.

20

— Qu'est-ce que tu fous là ?

Manu ouvrit brusquement les yeux.

— ...

— Lève-toi ! ordonna le type.

Il devait avoir une quarantaine d'années. Un grand sec. Ses cheveux grisonnants étaient noués dans un catogan. Son large visage aux pommettes saillantes portait les traces d'une existence qui avait échappé au trophée de Diane et aux réunions du Rotary Club. Malgré la dureté de ses traits et son air méfiant, une indicible naïveté continuait d'alimenter son regard.

— Ça va, ça va.

Manu avait du mal à émerger. Il se frotta les paupières, bâilla comme si sa mâchoire pouvait s'ouvrir à l'infini, s'interrogea sur l'endroit où il se trouvait avant de poser directement la question à son hôte.

Son réveille-matin vêtu d'un bleu de travail haussa ses sourcils broussailleux.

— Ouais... T'es dans une ferme du XIXe siècle.

Manu promena un long regard stupéfait sur l'intérieur de la chaumière. L'endroit qu'il avait déniché pour passer la nuit était l'exacte reconstitution d'une ferme du XIXe siècle. Avec son ameublement très pauvre, accompagné de sa « loge » en paille de seigle, son outillage agricole rudimentaire... Rien n'y manquait. Même le lit du gamin et les jouets d'époque... Comme sur les bouquins de l'école primaire. Il était pourtant sûr de ne pas avoir fumé, ni bu. « Je deviens barge », se dit-il sans pouvoir quitter des yeux ces ustensiles d'une autre époque.

— Incroyable ! lâcha-t-il. C'est un décor de film ?

— Non. T'es dans un écomusée.

L'air intrigué, il continuait de détailler son gîte d'étape historique.

— C'est quoi un écomusée ?

— Je suis pas guide ! grogna le type pas très versé dans la pédagogie. Qu'est-ce que tu fous là ?

Manu pâlit lorsqu'il remarqua tout à coup la hache dans la main du type.

— Je m'excuse...

— Faut que tu te barres !

— D'accord...

Il n'était pas pressé du tout de quitter son toit pour se prendre la flotte qui recommençait son solo sur le toit en chaume. Mais le lascar campé solidement devant lui ne semblait guère enclin à offrir le shit et le couvert.

— Dépêche-toi !

Manu se leva.

— Tu peux me dire dans quel bled on se trouve ici... Dans quelle région de France ?

Le type posa sur lui un regard mi-étonné, mi-amusé.

— Tu te moques de moi ou quoi ?

— Non...

Il scruta longuement Manu avant de dire :

— On est dans le Lot. Mais qu'est-ce que tu fous ici ? T'es pas du coin, toi.

— Non, je suis de Paris.

— Tu fais du tourisme en saison creuse ?

21

Daniel boucha tout à coup l'encadrement de la porte de mon bureau. Il écumait. Pourtant il était plutôt d'une nature placide. Soit son canasson avait couru avec de la colle Super Glue-3 sous ses sabots, soit on avait piqué ses instruments de musique.

— Putain ! Le nouveau ! fulmina-t-il. Il commence à me les casser très sérieux.

Il posa ses battoirs sur la chaise de Gauthier.

— Moi aussi.

— C'est un vrai fayot, ce mec-là !

— Pourquoi ?

— J'ai appris par Solange que cet enfoiré est allé voir le patron pour lui faire un audit de la brigade... Il est resté au moins une heure à nous casser du sucre sur le dos...

— T'inquiète pas, le rassurai-je, je le tiens, notre apprenti préfet. Il va se calmer. Il a fait une grosse connerie. C'est lui qui a rencardé la journaliste sur l'affaire Dasilva.

— Tant mieux !

— Au fait : Fahim Ier ?

Il leva les yeux au plafond.

— ... sixième.

Gauthier rappliqua à ce moment-là avec une chemise cartonnée aussi épaisse qu'un dossier de naturalisation pour un étranger né en France au siècle dernier.

— Y pas de problème pour lundi, Daniel ?

Je lui lançai une œillade.

— Ça marche, Nassima, répondit-il.

Il sortit en balançant à Gauthier une grimace très explicite sur sa vision des lèche-culs.

— J'ai fait des photocopies sur Euro-Plus.

Il me tendit la chemise.

— T'as pas bouffé ?

— Non, dit-il très fier, j'ai tapé ça entre midi et deux.

Je parcourus la première feuille, très vite agacée par la saga de cette entreprise. Si Gauthier avait été écrivain, ses exégètes l'auraient collé dans la rubrique des auteurs abattant une forêt pour créer une boîte d'allumettes.

— Je suis issue de tradition orale, me retranchai-je lâchement derrière mes origines. Je préfère que tu me fasses un petit résumé à haute voix.

Il rajusta ses lunettes et commença :

— L'entreprise qui employait donc Dasilva est une très importante société de gardiennage comme je vous...

— Tu me l'as déjà dit.

— Excusez-moi. Je ne vous ai...

— Mets de côté le vouvoiement, Gauthier, l'interrompis-je, sinon on va jamais s'en sortir. Garde au chaud le vouvoiement pour le patron et les huiles.

Un sourire mi-satisfait, mi-gêné clignota sur sa face.

— Je... Je disais... J'ai donc rencontré le patron d'Euro-Plus, c'est apparemment un homme au-dessus de tous soupçons. Il m'a très bien reçu et n'a pas hésité à m'éclairer sur ses activités. Il emploie environ une centaine de salariés en France et trois fois plus sur toute l'Europe.

— Où en Europe ?

Une question inutile.

— Principalement la Belgique, mais aussi l'Allemagne, l'Italie, l'Espagne, la Hollande, et depuis peu dans des pays de l'Est. Il travaille aussi beaucoup avec le Canada.

La bouche ouverte, il attendait une autre question comme un oisillon à l'heure de la becquée.

J'allumai une cigarette et l'invitai à continuer.

— Une chose m'a paru tout de même étrange, dit-il avec les sourcils froncés. Le patron de cette entreprise, Claude Maury, possède un grand nombre d'immeubles dans la ville et aussi dans le vingtième arrondissement, juste de l'autre côté du périph...

— C'est pas interdit... quand on a de l'argent.

Constatant le débordement de sa cravate sur sa veste, Gauthier la ramena dans le droit chemin.

— Oui, mais tous ces immeubles sont squattés. Je me suis renseigné en fouillant les archives et en me mettant en contact avec le commissariat du XX⁰ ; il n'a jamais porté plainte une seule fois contre les squatters et jamais intenté des expulsions.

— C'est peut-être un humaniste, ironisai-je.

Il secoua la tête.

— Je ne crois pas. Cet homme aime, sans aucun doute, les affaires florissantes. Son bureau est aussi grand que la salle de réunion du commissariat.

— Il doit avoir une idée derrière la tête ; une grosse affaire de promotion immobilière ou une transaction dans ce genre. Tu as du nouveau sur Dasilva ?

— Il est soupçonné de trafic de drogue.

Nous traversons en fin d'après-midi l'arrière-cour d'un vieil immeuble et gagnons une espèce de maison de trois étages à la façade délabrée. Des vêtements pendaient aux fenêtres du dernier étage.

Le rez-de-chaussée, une ancienne cordonnerie comme le laissait supposer la botte accrochée au-dessus de la porte, abritait l'atelier d'un peintre. Le quartier regorgeait de ces échoppes d'artisans retapées à des fins artistiques.

Je frappai au carreau de l'adepte du pinceau. Sans se presser, il entrouvrit sa fenêtre.

— Il est plus là, dit-il.

— Je peux entrer, alors...

— Je vous ai dit qu'il n'est plus là !

Je repoussai d'un coup sec la fenêtre qu'il refermait et escaladai la rambarde.

Le peintre trébucha sur l'une de ses toiles et entraîna dans sa chute un pot de peinture bleue.

— Klein serait très jaloux de ton boulot, le vannai-je. Gauthier, colle-toi devant la porte !

— Vous n'avez pas le droit de faire ça ! protesta le peintre en se relevant.

Je fouillai aussitôt les autres pièces encombrées de

cartons à dessins, rouleaux de papier récupérés dans des imprimeries, boulons et blocs de cyporex.

— Bon, dis-je, y a rien. Je me tire.

Soudain, j'ouvris la porte des chiottes : le verrou sauta et la poignée me resta dans les mains.

Un beur au visage émacié était assis sur la cuvette, son jean tirebouchonnait sur ses Nike.

— Fous-le dans le bidet, Djamel !

— Ouais, ouais d'accord, maugréa-t-il en tirant fébrilement sur son joint.

Je lui arrachai son pétard de la bouche, le balançai, et tirai la chasse.

— Qu'est-ce qui te prend ?

— Refous ton fute !

Pendant que Djamel se rhabillait, le peintre mit une cassette de musique classique.

— T'es folle ou quoi ! brailla Djamel lorsque je le collai contre le mur et le fouillai.

Le peintre prit un de ses nombreux pinceaux dans des boîtes pour chien et le trempa dans une soucoupe remplie de peinture. Il recula de deux pas, regarda la toile en dodelinant de la tête comme s'il cherchait l'inspiration, avant de fondre dessus.

— Jeune homme !

Pas d'humeur à entamer un interrogatoire avec du violoncelle à fond. Je m'approchai du peintre et éteignis sa mini-chaîne recouverte de traces de doigts peints.

Djamel en profita pour se barrer. Il tomba sur Gauthier sagement installé devant la porte d'entrée.

Pour me venger de l'engueulade du patron, je laissai Gauthier se dépatouiller avec Djamel. Plus vif et plus nerveux que mon stagiaire, il eut très vite le dessus.

Je croisai le regard de Gauthier cloué au sol. Rouge de honte. Je ne pus réprimer un sourire. Plus facile à gérer une journaliste, mon p'tit Gauthier.

Lorsque Djamel se leva et s'apprêtait à battre le record de Morcelli, je lui balançai un coup d'épaule et sa prestation se termina en plongeon dans le local à poubelles.

— Il faut l'embarquer ! s'écria Gauthier. Outrage à...

— Calme-toi, ce monsieur va nous raconter des petites choses... Hein, mon p'tit Djamel.

— J'ai rien à dire.

— On sera mieux au chaud.

Je lui tordis le bras et le poussai sans ménagements à l'intérieur de l'atelier sous le regard *au-bord-d'une-attaque* d'une vieille au rez-de-chaussée.

— Montre-lui ta carte, Gauthier, dis-je, il n'y a pas tatoué police sur notre front.

— Lui, ricana Djamel, il pue le poulet à dix bornes avec sa dégaine.Tu lui mets une broche dans le cul et tu le fais tourner...

— Ta gueule ! m'énervai-je.

Après une minute de silence en hommage à tous les inconnus disparus durant ces soixantes dernières secondes, je me décidai à attaquer mon interrogatoire.

En guise de réponses à mes questions, Djamel secoua la tête avec un air niais.

— Allez, Djamel, pas de baratin.

— Benarous, je te dis que je comprends pas pourquoi tu débarques ici. Tu sais bien que je fais plus mon p'tit business... En plus, je t'ai toujours rendu des services. Entre gens du bled, on peut...

— Tu les as déjà vus ? interrompis-je son petit laïus en kabyle.

Il caressa sa joue mal rasée et jeta un œil sur les photos de Dasilva et sa femme.

— Connais pas.

— T'es sûr ? insistai-je.

114

— Je te dis que non.

— Djamel, lui conseillai-je, baratine pas parce que tu vas tomber pour longtemps. J'ai de quoi... En plus, je raconterai deux ou trois petits trucs à Nordine et Momo qui sortent très bientôt... J'ai cru entendre dire qu'ils voulaient faire la peau de la balance. Mourad va se faire une joie de connaître le nom de la donneuse... Tu veux que je lui laisse aussi ta nouvelle adresse... et ton numéro de portable.

Il grimaça à l'évocation du traitement que lui infligerait son pote Momo.

— Ouais, je le connais, lui.

— Allez ! Raconte.

— C'est lui qui... c'est lui qui reprend le marché de la came sur Batreuil. Il a déjà vachement de deals qui revendent... Que des clandés.

— Quoi ?

— Surtout des extas. Moi, je prends pas de cette merde ! mais je sais qu'il a des lascars qui en revendent pour lui dans les raves et les conneries de maintenant.

— Depuis quand ?

— Sept, huit mois, p't'être plus.

Je le scrutai un instant. Puis rangeai les photos dans ma poche. Certaine qu'il ne mentait pas.

— T'es au courant qu'on a récupéré quatre cent cinquante grammes d'héro ?

Il écarquilla les yeux à l'idée de tous ces billets et ces shoots perdus à jamais dans les caisses presque impénétrables de l'administration.

— C'est impossible... je serais au courant. Depuis que Momo est au placard, y a plus d'héro dans le coin. Juste de quoi se faire un ou deux pains mais pas plus... Ma vara, je l'achète à la porte Saint-Denis... comme tous les toxs d'ici. Maintenant, y a plus que des extas, de la merde pour les technos.

Le patron ne se trompait pas : les Dasilva étaient mouillés dans une affaire de came.

— On se tire, Gauthier.

Il me regarda, étonné.

— Et lui ?

— Et lui, quoi ?

— On le laisse ?

— Gauthier, soupirai-je, on va pas se mettre à embarquer tous les toxs qu'on croise.

Djamel souriait, plutôt de mon avis.

— Tu devrais visiter des expos pour t'améliorer, conseillai-je au peintre dans un accès de jalousie.

— C'est pas une keuf qui va m'expliquer comment je dois peindre, me rétorqua-t-il avec raison.

Je remontai le col de mon blouson et tournai les talons. Nous croisâmes, sous le porche, une immense Africaine en boubou portant deux sacs ED bourrés à craquer, un bébé en larmes attaché dans son dos.

J'accélérai le pas. Gauthier sautillait à côté de moi, les mains dans son imper. L'air mécontent, il ruminait de drôles de pensées sous sa boîte crânienne.

— Ce type-là me tape dessus, maugréa-t-il, et on le laisse tranquille. En plus, on le laisse continuer son petit trafic sans... Permets-moi de te dire que je trouve cela plutôt étrange.

J'allumai une cigarette.

— Djamel est un gagne-petit. Et son copain le peintre avec qui il baise est un cinglé.

— On aurait dû tout de même intervenir. Il commence à me les...

— Je vais te dire un truc, lui confiai-je dans la voiture. Le type avec qui tu t'es battu, il est plombé.

— Plombé ?

— Il a le sida, traduisis-je en démarrant.

23

Le téléphone sonna dans mon bureau. J'avais horreur de cet instrument de torture à distance et Gauthier n'était pas là pour se jeter dessus. Il fallait bien décrocher.

— Allô !

— Nassima, il y a un type qui veut te parler... Il t'a déjà appelée deux fois hier.

— Il a laissé son nom ?

— Non.

— Passe-le-moi...

— Prends-le sur la deux.

— Allô.

— Commissaire Benarous ? demanda une voix nicotineuse.

— Ouais, c'est moi, répondis-je avec mon amabilité légendaire au téléphone.

Silence.

— Je vous appelle... bredouilla l'homme. Je suis dans une cabine, j'ai pas beaucoup de temps. Je vous appelle... au sujet d'Arthur Dasilva. J'ai des informations à vous donner.

— Mais qui êtes-vous ?

— Je préfère pas vous le dire par téléphone.

— Pourquoi ?

— C'est trop risqué pour moi... Je préfère pas vous en dire plus pour l'instant... Mais avant de vous rencontrer, promettez-moi de...

Il se tut et laissa le silence dépenser les unités de sa carte téléphonique.

— De quoi ?

— Promettez-moi de protéger ma femme et mes enfants...

— Mais qui êtes-vous ?

— Vous avez pas répondu ?

— Si votre famille court un quelconque danger, le rassurai-je, nous pourrons la protéger.

— Je peux vous dire ce qu'ils cherchaient chez Arthur Dasilva. C'est une cassette... et je sais où elle est.

— Où est-elle ?

— Rendez-vous à cinq heures et quart dans le square en face de la mairie...

```
RETRAIT IMPOSSIBLE
VOTRE BANQUE N'AUTORISE
PAS CETTE OPÉRATION
VEUILLEZ RETIRER VOTRE CARTE
```

J'aurais dû m'en douter ! J'avais dépassé mon taux de retrait hebdomadaire. Et ma paie ne pointait son nez sur mon compte que le 26 du mois.

Je me vengeai de la machine sur une autre machine en claquant violemment ma portière. Un partout !

Un nez studieux planté dans le dossier du casse du collège Albert Camus que je lui avais refourgué pour se faire les dents, Gauthier sursauta.

— Qu'est-ce qui se passe ?

— Rien du tout, marmonnai-je, irritée. À part que je ne peux pas retirer de fric.

Comme à chaque fois qu'une billetterie me refoulait aux frontières de la consommation, je prenais la décision de surveiller mon budget. Il était vrai que je filais pas mal d'argent à ma mère qui ne touchait que ses trois mille balles de retraite. Elle a du mal à joindre même un bout, plaisantait Rachid qui culpabilisait néanmoins de ne pouvoir l'aider. Mon chargé de gestion à la banque allait encore me tirer une de ces gueules.

« Ma première économie, me promis-je en allumant une cigarette, sera d'acheter du tabac. »

— Tu as besoin de combien ? me demanda-t-il d'une toute petite voix comme pour ne pas être entendu.

— Quatre cents, cinq cents balles.

Il toussota. La somme annoncée semblait avoir beaucoup de mal à passer.

— Je peux te les prêter.

Je m'accordai quelques secondes avant de le prévenir :

— Je ne pourrai pas te les rendre avant la fin du mois.

Il haussa les épaules.

— C'est pas pressé.

Il gagna le guichet automatique. Finalement Gauthier était beaucoup plus sympathique qu'il n'en avait l'air. Grâce à lui, je pouvais aller bouffer avec Bob.

Je le remerciai et pris les billets condamnés à une existence éphémère dans ma poche.

— Je t'en prie.

Il extirpa un vieux carnet à spirale tout racorni de sa sacoche et se mit à le griffonner.

— Qu'est-ce que tu fais ?

Il rangea son grimoire et se tourna vers moi.

— Ah ! C'est rien. J'inscris juste sur ce carnet le nom de toutes les personnes qui me doivent de l'argent et je les raye dès qu'elles me l'ont rendu. Les problèmes d'argent, conclut-il dans un sourire niais, c'est monnaie courante.

Première et dernière fois que je lui empruntais du fric !

25

Un groupe de gamins fraîchement relâchés de l'école chahutaient dans le square. Ils se lançaient un cartable sur les pelouses interdites. Il n'y avait pas la fameuse guérite d'où surgissait souvent un gardien à la face rubiconde qui bavait dans un sifflet.

Je m'assis sur un banc.

— On est en avance, dis-je à Gauthier.

Une vieille femme s'installa sur un banc à la droite du nôtre. Elle ouvrit un sac Mammouth et commença la distribution de pain. Très vite, elle se transforma en aimant pour les oiseaux du square. Quand elle jeta un morceau de pain plus gros que les autres, les pigeons se castagnèrent pour tenter d'en picorer un bout. Un moineau se faufila parmi la bagarre ; il s'empara du pain tant convoité et s'envola pour le déguster plus loin en solo. Tandis que les pigeons se bousculaient pour des miettes.

Je quittai des yeux le repas des fauves et me tordis le cou pour lire l'heure à l'horloge de la mairie. 17 h 25.

— Il devrait déjà être arrivé, dis-je. Tu prends à gauche derrière le bassin et on se retrouve ici dans quatre, cinq minutes.

J'empruntai l'allée bordée de marronniers qui

débouchait sur le bac à sable. Des feuilles humides se collèrent à mes chaussures. Sur le chemin de l'école, j'adorais donner des coups de pied dans les feuilles mortes, les regarder s'élever dans l'air tel un bouquet éphémère et retomber lentement sur le sol.

Exceptées deux mamans masos plantées comme des stalagmites sur leurs bancs face à leurs progénitures qui se gelaient aussi dans le sable, personne en vue dans le square. Pas de trace de mon client.

Par acquit de conscience, je jetai un dernier regard et décidai de revenir sur mes pas. Bredouille. J'aperçus, à ce moment-là, Gauthier qui zigzaguait comme un footballeur après avoir marqué un but en coupe du Monde. J'accélérai le pas.

Maradona passa devant moi sans me voir.

— Hé ! Je suis là !

Son visage était un masque pâle incrusté d'une paire d'yeux hagards. Son corps tout entier tremblait comme s'il bossait avec un marteau piqueur invisible.

Il bredouilla des monosyllabes incompréhensibles.

— Remets-toi, Gauthier, tentai-je de le calmer, il me foutait la trouille, le stagiaire.

Le souffle court, il finit par bégayer :

— Le type... il, il...

— Il est où ?

— Là-bas, murmura-t-il en désignant un banc près du lac.

Je sautai par-dessus la grille et dévalai les pelouses désertées par les joueurs de cartable.

L'homme était assis, le menton posé sur le haut de sa poitrine. Son chapeau sur ses cuisses. Tranquille. Sans la tache de sang sous le banc, on aurait pu croire qu'il s'agissait d'un ivrogne cuvant son pinard ou d'un type assoupi.

Gauthier me rejoignit à reculons. Il restait stupidement planté devant moi, les bras le long du corps. J'avais une grande envie de le secouer pour qu'il reprenne du poil de la bête. Je lui demandai de passer un message pour qu'un fourgon vienne chercher le cadavre.

Je m'assis sur le même banc que la victime.

Comme un lézard dont il ne resterait que la queue entre les mains, cette enquête m'échappait. Les témoins susceptibles un tant soit peu de m'éclairer étaient descendus un par un. Trois morts en moins de cinq jours et pas la moindre piste valable. Celle de la came ne me paraissait guère crédible. Autant dire qu'il restait un paquet de raisons pour buter tous ces gens...

Afin de me calmer et de passer un peu l'aspirateur dans mon cerveau, je traçai des ronds sur le sable avec une branche. Je devais très vite trouver ne serait-ce qu'un embryon de piste pour éviter d'être dessaisie de l'affaire.

Je me débarrassai de la branche antidépresseur et me mis à fouiller le cadavre.

Son portefeuille m'ouvrit les portes de son identité : Marc Legoux, trente-huit ans, né à Orléans le 14 janvier 1956. Je feuilletai son calepin. Je lus et relus une adresse, persuadée de l'avoir déjà vue peu de temps avant.

— Qu'est-ce que vous faites ? demanda un barbu en costard-cravate qui baladait un caniche.

Je me camouflai derrière ma carte.

— Excusez-moi, madame.

— Vous avez vu quelque chose ?

— Absolument rien, affirma-t-il comme si j'avais essayé de lui refourguer une encyclopédie.

*

Gauthier traversa le commissariat comme un somnambule pour venir s'échouer sur son siège. Il n'ôta pas son imper et resta prostré, les yeux dans le vague.

Avec enfin un air plus humain que sa façade de techno-rat du ministère de l'Intérieur.

— Tu n'as jamais vu de cadavre ?

— Si... si... Mais jamais un homme n'était mort dans mes bras. Je ne suis pas près d'oublier.

Je le laissai digérer seul son expérience et revins quelques minutes plus tard avec deux gobelets.

— Tiens, un café François, ça t'aidera à tenir le choc.

Il sortit de sa léthargie, sans doute étonné de m'entendre prononcer son prénom. Il prit docilement le gobelet et but une petite gorgée avec une grimace.

— C'est dégoûtant !

Je bus mon café en observant à la dérobée mon stagiaire encore sous le choc.

— Tu as quel âge, François ?

— Vingt-trois ans.

— Qu'est-ce qui t'a donné l'idée d'entrer dans la grande maison ?

Il esquissa un timide sourire.

— Mon père est gendarme à côté de Toulon.

— C'est un bon coin, dis-je... « mais de plus en plus pollué à chaque élection », ajouta mon double qui ne mettait jamais d'eau dans ses opinions.

— Oui, mais c'est le désert.

— Tu as de l'ambition, François ?

Ces trois syllabes effacèrent la tension créée par la rencontre avec Legoux.

— J'ai envie de devenir commissaire, martela-t-il

124

avec une inébranlable conviction. Peut-être plus, si des opportunités se présentent dans ma carrière. Je n'ai pas envie de rester inspecteur toute ma vie. C'est sûr, concéda-t-il néanmoins pour ne pas me froisser, qu'il faut que je me forme un peu sur le terrain, mais je souhaite accéder aux postes de responsabilités.

Tout son plan de carrière s'afficha alors dans son regard enthousiaste.

La porte d'un fourgon claqua bruyamment devant le commissariat.

Mon front fiévreux se rafraîchit sur la vitre.

De l'autre côté de la rue, deux jeunes types sortirent d'une 4L de la ville. Ils collèrent sur un panneau réservé aux associations une étrange affiche pour la Treizième fête de l'enfance des centres de loisirs de Batreuil. Des formes et des couleurs inhabituelles pour une promotion municipale. Comme la rencontre de Miró, Bram Van Velde et Combas. Je me creusai aussitôt le crâne. Que représentait-elle ? Mi-figurative, mi-abstraite. Peut-être deux enfants jouant de la guitare sur un banc ?

Je laissai tomber ma lecture de cette œuvre urbaine et comparai l'agenda de Dasilva avec celui de Legoux. Toujours ça de gagné !

ENTREPÔT MARNIE
44, rue de la Fontaine
93145 PANTENAY

L'interphone sonna peu avant l'heure de l'apéro.
— Oui, répondit François.
— C'est Didier. Vanessa Legoux est arrivée.
— Fais-la monter.

La langue pendante et les pupilles qui se sentaient à l'étroit dans ses yeux, Didier introduisit une femme vêtue d'un superbe manteau. Une belle brune bien foutue, plutôt sexy, habillée comme une Claudette. Avec encore cet air de l'adolescente qui, au détour d'un œil louchant sur sa poitrine, découvrirait son pouvoir de piège à hommes.

Son rouge à lèvres très vif semblait la dernière poche de résistance au milieu du champ de bataille de son visage gonflé de larmes.

— Asseyez-vous, madame Legoux, l'invitai-je.

J'avançai un siège vers elle.

Elle murmura un timide merci et s'installa en croisant les mains sur son sac.

Après lui avoir posé quelques questions, je constatai que cette femme était très naïve : une fleur bleue qui avait poussé sur l'engrais des journaux féminins et des sitcoms.

— Quel était le métier de votre mari ?

— Agent de sécurité à Euro-Plus, dit-elle avec une lueur de fierté dans le regard.

Je lâchai le volumineux dossier qui improvisa une belle moquette de feuilles.

— À Euro-Plus, balbutiai-je, troublée.

— Oui, confirma-t-elle.

François s'agenouilla et commença à rassembler son précieux travail d'archivage.

— Laisse tomber, lui dis je sans volonté d'humour. On fera ça plus tard. Tu as entendu ce que j'ai entendu ?

Il remua la tête et lui demanda :

— Quels étaient les revenus de votre mari ?

Elle fronça les sourcils.

— Il voulait pas que j'en parle, hésita-t-elle. Oui, il gagnait très bien sa vie. On a réussi à acheter notre appartement à Valmandet et il voulait faire construire une maison...

— Que faisait-il avant d'avoir cette place ? continua François qui prenait les rênes de l'interrogatoire.

Elle blêmit et nous observa tour à tour, emmerdée par la question.

— C'est important, insista François d'une voix douce.

Mise en confiance, elle nous expliqua alors que son mari avait volé du matériel sur un chantier en Corse et avait purgé une petite peine de prison. Elle était enceinte à cette période-là et croyait qu'il l'avait abandonnée. À sa sortie de tôle, il était revenu dans son foyer et avait réussi à décrocher un emploi à Euro-Plus. Elle conclut la biographie de son époux par un flot d'éloges sur Maury qui leur avait prêtés de l'argent afin d'emménager dans un plus grand appartement avec leur bébé.

Le patron d'Euro-Plus était en train de concurrencer l'abbé Pierre.

— Dasilva est soupçonné de trafic de drogue... avez-vous entendu votre époux parler de ça ?

— Non, jamais. Mon mari n'a jamais touché à la drogue, gémit-elle. Je vous jure !

Les avant-bras et les cloisons nasales de son mari juraient autrement. Je la titillai un peu mais me rendis vite à l'évidence qu'elle n'était pas du tout au courant. Marc Legoux cachait très bien son petit vice. Et elle était le genre de femme à ne pas trop poser de questions à son mari. La dernière seringue qu'elle avait dû avoir entre les mains datait de l'époque de ses poupées Barbie.

— Vous a-t-il parlé d'une cassette que lui aurait sans doute confiée Dasilva ? demandai-je.

— Non.

Elle farfouilla dans son sac et en extirpa une photo de ses filles. Puis elle commença à sangloter. Et ouais : un cliché. Chassez le cliché et il reviendra au galop.

François me jeta un coup d'œil désemparé.

J'appuyai sur le bouton de l'interphone :

— Fabrice ?

— Oui.

— Envoie quelqu'un pour raccompagner madame Legoux à son domicile.

Dès qu'elle sortit, je demandai à François d'aller planquer devant chez elle.

— Mais pourquoi ?

— Je n'ai pas envie de faire un remake de l'hosto.

— Et qu'est-ce qu'on fait pour Euro-Plus ? demanda-t-il avec l'espoir que je l'envoie plutôt fouiner là-bas.

— Ils n'auront pas déposé le bilan d'ici la fin de la semaine. Bon, y faut que tu ailles en planque.

L'air bougon, il enfila sa veste.

— C'est ça, le terrain, ricanai-je. T'inquiète pas, on te relaiera pour bouffer et pisser un coup.

27

La journée du lendemain se traîna lamentablement. Elle était ponctuée des coups de fil de François qui voyait l'ennemi public numéro UN environ toutes les cinq minutes devant chez Vanessa Legoux. Il prenait sa première planque très au sérieux.

Et moi, j'avais la paix.

J'avais laissé de côté l'histoire de Dasilva pour revenir à mes chers petits faits divers : petits maux chroniques d'une ville que nous ne guérissions pas mais dont nous modérions quelque peu la fièvre. Un frein ridicule sur la roue de la galère.

Une ville que je connaissais par cœur. Je collectionnais d'ailleurs tous les articles historiques qui la concernaient : une documentation qui ferait pâlir de jalousie les archives municipales. J'étais une piétonne inlassable, l'arpenteuse fidèle d'une ville pourtant construite avec le bonheur en option... « Tu vas me faire pleurer, railla mon double, le bonheur est une invention pour se réveiller chaque matin. » Sa réflexion sans appel stoppa net ma digression et je revins à ma déposition.

Donc au jeune beur assis en face de moi qui me dévisageait avec un sourire narquois. Il s'évertuait avec force gestes et dans son patois de cité à me prouver son innocence. C'est pas moi, maîtresse, j't'le jure, c'est pas moi, c'est lui... Il avait été interpellé trois quarts d'heure auparavant en flagrant délit : l'emprunt d'une bagnole qui s'ennuyait toute seule dans un parking souterrain.

Puis déjeuner peinard chez « DAN ET MOUSS » et retour au bureau.

Vers 15 h 30, nous étions sortis de notre léthargie suite à l'appel d'un gérant de supermarché.

Bernard ne pouvait réprimer son fou rire pendant que nous emballions une trentaine de gamins dont le plus âgé devait avoir dix ou douze ans.

Ils avaient fondu sur les rayons de Mammouth et s'étaient tirés après un shopping à très grande vitesse. Sans passer par la case caisses. Impuissants, les vigiles peu entraînés aux opérations de guérilla alimentaire, n'avaient pas réussi à endiguer cette véritable marée de casquettes et de Nike.

Fondu était d'ailleurs le terme adéquat pour désigner ce cambriolage : les gosses, plutôt fines gueules, avaient presque tous piqué des glaces « Hagen Das ».

Je ne cessais de consulter ma montre dont les aiguilles faisaient du surplace.

L'apéro se rapprochait à vitesse petit v... erre.

28

Ma cigarette à la main, j'observais depuis une demi-heure les nombreux passants de la rue piétonnière. Les vitrines commençaient à arborer les couleurs de Noël. Deux mois avant le 31 décembre, l'année entamait déjà son agonie avec la certitude de funérailles en grande pompe. Je n'aimais pas les périodes des fêtes, sans véritables raisons d'ailleurs, à part peut-être celle de ne pas me sentir engloutie dans la masse.

— Tiens, Nassima, dit Mouss en me déposant une assiette remplie de pistaches.

Je le remerciai d'un sourire et repris sans tarder mon voyage dans la rue.

Je me sentais très mal à l'aise. À l'étroit dans ma jupe et mes collants noirs. Jamais je ne concédais le moindre effort vestimentaire, sauf pour Bob. Peut-être parce qu'il s'habillait n'importe comment et ne prêtait aucune attention à la manière dont j'étais fagotée. Finalement, je ne prenais aucun risque. Depuis une dizaine de minutes que je frottais mon rouge à lèvres, il devait avoir largement débordé. Me maquiller était toujours une véritable expédition et, après mon passage dans la salle de bains, le port obligatoire du casque s'imposait. J'éprouvais une certaine jalousie des jeunes blacks et beurettes qui n'hésitaient pas à se servir des ustensiles égayant la façade. Plus un clip sans ces créatures de rêve aux corps ondulant au rythme de la danse. Mes deux sœurs savaient aussi se mettre en valeur.

Le nez de Bob écrasé contre la vitrine et sa langue sortie m'éjectèrent de mes considérations esthétiques. Il portait son incontournable bonnet noir, tellement flasque qu'il avait dû coiffer un sanglier avant d'atterrir sur sa tête. Il avait encore oublié le numéro de code de la porte de sa salle de bains.

Il m'embrassa sur le front et s'assit.

— Salut, Nassima. Comment tu vas bien ?

— T'aurais pu te raser quand même, Bob, le taquinai-je en passant ma main sur sa joue.

— Pffuit, siffla-t-il en dépiautant une pistache. Je vois que tu as bien commencé.

— Je suis arrivée hyper tôt.

Il me susurra à l'oreille :

— Entre nous soit dit, ma chère Nassima, t'es sacrément bandante avec ta p'tite jupe et ton rouge à lèvres. Vraiment !

Je secouai la tête, gênée.

— Arrête tes conneries.

— C'est la vérité.

— Je croyais que tu t'en foutais de tout ça.

— Méfie-toi de ce que je raconte. Je change souvent d'avis... En plus, je me rapproche de la cinquantaine... paraît que les vieux y pensent plus qu'à ça.

— Je sais, je sais... Picasso était atteint de priapisme.

Il s'étira longuement.

— Laisse tomber les gros mots, dit-il dans un sourire. Dis-moi plutôt comment tu vas bien.

— Je suis un peu crevée, mais ça va... Et toi ?

Il bâilla et s'étira.

— Moi, ma chère, j'ai un pied dans la tombe et l'autre sur une peau de banane... Je suis complètement crevé. J'arrête pas de trimer pour une expo.

— Où ça ?

— La FRAC de Nice m'invite à exposer tout mon merdier...

« Si la FRAC te paie bien, tu pourras te racheter un nouveau FROC », faillis-je dire sous la pression de mon double qui la trouvait bonne. J'eus heureusement le dernier mot.

— Tu es encore charrette ?

— Je sors d'une expo à Blois... Ouais, chez l'ex-patron de la Culture. J'ai eu droit à serrer ses phalanges et à quelques considérations très intéressantes sur la place de l'art... Mais tout le monde avait oublié son chéquier.

Mouss posa un Pastis sur la table.

— Salut, Bob. Ça va ?

— Ça va, m'sieur Mouss ! s'écria Bob en lui tapant dans la main. Tu mets tout ça sur ma douloureuse à rebours...

— Non, dis-je, mets ça sur mon compte.

— Faudrait savoir les enfants.

— Faut jamais contredire une femme, vanna Bob. Surtout quand elle est armée.

J'avais connu Bob en l'aidant à transporter des blocs de pierres dans son atelier-dortoir : une grande pièce sans confort au rez-de-chaussée de mon immeuble. Parfois je frappais à sa porte, il ouvrait une bouteille et nous parlions des heures... De temps en temps, c'était lui qui prenait l'ascenseur.

— Tu veux aller bouffer où, Bob ?

— Où tu veux, mais j'ai pas...

— De répondant...

— Non, aujourd'hui, j'ai pas un kopeck. Comme

toujours quand on va bouffer au restau, c'est toi qui régales.

Je lui caressai la joue.

— Profites-en avant qu'un mari débarque, me fasse mes comptes et des mômes.

Il posa sa main sur ma cuisse et chantonna :

— Y aura tou-jours un petit Bour-gueil à la maison pour une p'tite Nassima.

Nous trinquâmes à la réussite de son expo et je lui fis part du conseil de Rachid.

Il vissa son index sur sa tempe et s'écria :

— Il est fou, ton frère ! Touche surtout pas à l'art, t'es déjà assez schizo.

29

Après le repas inondé de rouge et de saké, je m'amusai à remplir d'eau le verre de Bob pour y contempler la belle nana. Nos éclats de rire avaient dû précipiter le retour au bercail de nombreux clients.

— On ferme ! cria soudain la patronne après que son mari eut raclé plusieurs fois sa gorge pour nous faire déguerpir.

Je bâclai comme toujours mon créneau malgré les grands gestes de Bob qui guidait un trente tonnes.

— On va se faire une petite balade, me proposa-t-il.

— Tu rigoles ! Il est déjà 2 h 45.

Il m'entraîna d'autorité par le bras.

— Laisse tomber l'heure... Tu connais pas le proverbe zoulou qui dit que, nous, les Occidentaux, on a la montre et que les Zoulous ont, eux, le temps.

— En tout cas, bredouillai-je, je sais pas... C'est pas tes Zoulous qui vont se lever demain pour aller bosser à ma place.

— Allez ! Ton ministre va pas te faire chier pour un peu de retard... Je te ferai un mot. En plus, il est trop occupé à vérifier les papiers de ceux qui n'en ont pas.

— Je n'ai pas envie de parler de ça !

— D'accord, chef.

— Qu'est-ce qu'elles me font mal !

Je me libérai de mes chaussures à talons hauts. Pour marcher sur un tapis de glaçons. Les pieds gelés, je me rabattis sur ma première torture.

Bob éclata de rire et esquissa un pas de danse sur le bord du trottoir comme sur une poutre.

— Pas mal, mes pointes ! rigola-t-il, mais soudain son visage se renfrogna.

Il fronça les sourcils et marcha une longue minute le nez planté dans le trottoir.

— Ma femme avait horreur de mes pointes sur le trottoir, ajouta-t-il, l'air maussade. Elle s'est foutue avec un connard qui a décidé de s'occuper de l'éducation de mon Gabriel et de ma petite Charlotte. Un vrai sage qui ne fait que des excès de modération..., Il m'a fait la leçon hier sur les familles recomposées. Tu peux pas savoir à quel point ça me fout les glandes que mes gosses soient obligés de se taper les simagrées de ce con !

Dès qu'il croisa mon regard interloqué, il réembaucha illico son masque de clown.

— Ça te va vachement bien, Nassima, sourit-il après m'avoir collé son bonnet sur la tête.

Jamais avant cette nuit, Bob ne m'était apparu aussi triste. Derrière ses facéties que j'avais prises pour argent comptant, certainement par commodité, se profilait un autre être : douloureux et angoissé.

— J'espère que je t'ai pas foutu le cafard avec mes conneries, s'excusa-t-il, l'air emmerdé.

— Non, mentis-je.

Il me serra le bras.

— Nassima.

— Ouais.

Il s'arrêta et tourna son visage vers les façades.

— Tu sais, me confia-t-il d'une voix aux intonations

137

inhabituelles, je suis toujours bouffé par le doute. Chaque fois que j'entreprends quelque chose, n'importe quoi, une toile, un repas, aller chez le boulanger... je le fais comme s'il s'agissait de la dernière fois. Un peu comme une course contre la mort, tu vois ? Je sais ce que tu dois penser, toi la flic, toi la juriste : c'est des délires d'artiste bourré. Ça doit être vrai, d'ailleurs...

— Non, pas du tout parce... Parce que je ressens le même genre de truc que toi..

— Bienvenue au club, Nassima !

Je me roulai une cigarette et pestai contre ma maladresse. Bon samaritain, Bob prit mon paquet de tabac et me la confectionna, puis s'attaqua discrètement à la sienne. Je fronçai les sourcils, mécontente qu'il se remette à fumer.

— Mon frangin Rachid dit qu'on fait partie de ces gens qui tituberont toujours à l'intérieur d'eux...

— Ce soir, c'est pas qu'à l'intérieur que je titube. Je suis bourré ! gueula-t-il. BOU-RRÉ !

Un volet s'entrouvrit dans un bruit infernal.

— C'est pas fini, ce bordel ! gueula une voix rauque.

— J'ai pas touché à ta bagnole, lui rétorqua Bob, et j'ai pas pissé sur ton paillasson. Alors ferme ta gueule !

— Rentre chez toi, espèce d'ivrogne ou je vais me fâcher !

— Viens ! brailla Bob avec un geste d'invitation. Descends, si t'as des couilles !

J'entraînai mon Mike Tyson éphémère pour interrompre ce dialogue de saouls.

— Bob, repris-je le fil de notre conversation lorsqu'il se calma, je ne comprends pas nos rapports. Depuis deux ans, on habite dans le même...

— Je t'arrête tout de suite, dit-il. Ne cherche surtout pas à comprendre ce qu'on vit.

— Pourquoi ?

Il fit claquer plusieurs fois sa langue.

— Sinon on va rentrer dans la compta : je t'ai fait un sourire, tu m'en dois deux, j'ai fait la vaisselle ce matin... et tout le bordel qui suit. Moi, j'aime bien ta présence, tes petits seins bien chauds au creux de mes mains. Quand on a envie de se voir, on se voit, quand on a envie de baiser, on baise... Que demande de plus le peuple ? Moi, ça me convient parfaitement. Et toi ?

Il planta ses yeux dans les miens comme pour prendre la température de mon cerveau.

— Moi aussi, murmurai-je.

Une grande capacité à balayer les questions embarrassantes vers un avenir où je pourrais avoir « enfin » le temps de trier mes sentiments.

— On va chez moi, l'invitai-je.

J'ôtai mes chaussures d'animatrice de jeux télé et les larguai sur le capot d'une voiture.

— Je ramène la prune, dit-il avec un clin d'œil, mais tu m'offres tout le reste.

— Pas ce soir, Bob... je suis vannée.

Deux verres de prune plus tard, j'aspirais goulûment sa queue en érection.

30

Un semi-remorque immatriculé en Espagne était garé sur le trottoir. Personne ne pouvait nous voir de la rue. Celle-ci donnait deux cents mètres plus loin sur une esplanade très éclairée et entourée d'immeubles aux façades de verre. À cette heure avancée de la nuit, rares étaient les gens qui se baladaient dans une zone industrielle, hormis les hommes d'entretien aux commandes d'un aspirateur dans les bureaux et quelques cadres ambitieux faisant de l'excès de zen.

— C'est étonnant, s'inquiéta François, mort de trouille. Il n'y a pas l'air d'y avoir de signal d'alarme.

Le vieux hangar semblait à l'abandon. Seuls une chaîne et un cadenas neuf sur le portail indiquaient la présence d'un propriétaire. Après un repérage dans l'après-midi, j'avais décidé de me taper un petit tour dedans. Sans réveiller la traditionnelle paperasserie pour une perquise.

— J'y vais, François.

— On devrait pas y aller.

Trop tard, mon pote !

— Ce n'est pas notre secteur, me sermonna-t-il à mi-voix. Si on se fait repérer.

— Si on commence à faire un cours de droit, on en

a jusqu'à demain. J'y vais et si on trouve rien, on enquête dans la direction que veut le patron.

— Et moi, qu'est-ce que je fais ?

— Tu te tais et tu ouvres bien grand tes yeux.

Je calai mes pieds sur la boîte aux lettres bourrée de prospectus et escaladai le portail.

Mes chaussures s'enfoncèrent dans la terre humide.

Je restai un petit moment accroupie.

— Ça va, Nassima ?

— Ferme-la ! Sinon on va se faire repérer !

Je gagnai au pas de course le hangar éclairé par une veilleuse au-dessus de la porte coulissante. Le quai n'avait pas dû accueillir le cul d'un camion depuis belle lurette. Je me planquai derrière un très vieux Transpal qui avait échappé par miracle à la casse. Je tendis l'oreille.

Juste le bruit continu du périph.

Après plusieurs essais infructueux pour ouvrir la porte coulissante, je regagnai ma place en pestant contre l'oubli du petit ustensile de Daniel. Celui-ci n'avait pu venir à cause d'un match de rugby dans son bled mais m'avait proposé son ouvre-tout. Resté au chaud dans mon tiroir.

Un vent violent soufflait. Le croissant de lune pointait le bout de son nez entre deux nuages.

Soudain, un claquement me fit sursauter. J'entrouvris mon blouson et serrai la crosse de mon arme. De nouveau le claquement. Je levai alors les yeux vers la cime des arbres. La branche d'un chêne à environ trois mètres du sol cognai contre une lucarne sans que quiconque ne daigna lui ouvrir.

Je remerciai dame Nature et grimpai aussitôt à l'arbre. Tant bien que mal, j'atteignis la fameuse branche qui frappait inlassablement. Avec un rythme régulier. Elle était beaucoup plus longue que les autres mais aussi plus fine. Pourra-t-elle supporter le poids de mon corps ? Sûr qu'avec François, elle n'aurait pas tenu le choc. Je m'accrochai prudemment. Elle résista. J'avançai comme un singe filmé au ralenti par des zoologues étudiant son mode de déplacement. La branche se rétrécissait. Ma progression de plus en plus lente. Une douleur irradiait autour de mes épaules tendues. Je tâtai le carreau. Aussi fin qu'une page de la Pléiade. Je balançai un coup de coude dedans, le verre se brisa, puis je passai la main pour actionner la poignée.

J'ouvris la fenêtre et m'assis sur le rebord. Je fis un rapide petit état des lieux avec ma lampe de poche. J'avisai au-dessous de moi un entassement de chutes de moquettes susceptibles d'amortir la mienne...

Je m'extirpai de l'amoncellement de cartons et moquettes puantes. J'avais paumé, comme une conne, ma lampe.

Et à la lueur de mon briquet, je me dirigeai vers un interrupteur.

Des palettes pourries occupaient une grande partie de l'espace. Mais il y avait aussi du mobilier de bureau des années 50, des armoires en bois avec glissières devant, de vieux fauteuils, et des vieilles machines à imprimer de l'ère pré Gutenberg. Une goutte tomba sur un frigo cabossé, suivi de sa sœur, puis de sa cousine... Je remarquai les trous en de nombreux endroits dans le toit en tôle ondulée.

Pinçant mon nez à cause de la répugnante odeur de pisse de chats, je me tapai un petit tour du hangar sans rien trouver d'intéressant. À part un vieux vélo hollandais qui aurait fait craquer Rachid.

Tous ces risques pour rien !

J'aurais mieux fait de me coller dans un bain bien chaud avec un bon bouquin.

J'avisai une échelle enfouie sous une demi-douzaine

de palettes. Je commençai le déblayage lorsque je sentis un truc bizarre sous mes pieds : autre chose que la terre qui composait le sol partout ailleurs. Je me penchai et tâtai le sol. C'était dur et légèrement en relief. Je balayai alors les gravats du revers de la main sur une cinquantaine de centimètres. Et peu à peu, un carré métallique équipé d'une poignée se révéla.

Je tirai sur la poignée.

« C'est un hangar poupée russe », me dis-je en glissant le long d'un tuyau vertical. L'odeur nauséabonde et l'humidité qui régnait en haut étaient remplacées par une douce tiédeur. Cette espèce de cave était à peu près de la même superficie qu'au-dessus, mais très basse de plafond et cloisonnée en plusieurs pièces. Des chaises étaient disposées autour d'une table rectangulaire. Visiblement, les deux étages n'avaient pas la même femme de ménage. Trois lits superposés occupaient un coin. Sur ma droite, dans un renfoncement, j'aperçus une batterie de casseroles et de la vaisselle sale dans un évier. Une cuisine bien équipée, avec des placards qui débordaient de boîtes de conserves.

J'entendis un râle très bref. Je m'arrêtai et écoutai attentivement. Plus rien. Je fis un pas. Le râle s'éleva de nouveau. Plus long et plus intense.

Je sortis mon arme. Je me dirigeai vers l'endroit d'où provenait la plainte. J'ouvris la porte : la pièce était légèrement éclairée par la lumière du couloir.

— J'ai mal... mal... gémit une voix.

Un black avec une coupe à la Bob Marley était recroquevillé sur le carrelage, les chevilles menottées à un tuyau. Il devait avoir seize ou dix-sept ans.

Son visage bouffé par la douleur n'était plus qu'une grimace tendue autour de deux yeux hagards. Une discrète larme était tatouée sous son œil droit. Des vraies avaient dû couler sur ses joues durant les heures pas-

sées ici, longues heures à en juger l'état de sa blessure
au bide.

— ...

La bouche grande ouverte, il posa son regard voilé
sur moi, sa main serrée sur son ventre.

— Je suis commissaire de police...

— ... Je...

— Je vous écoute.

J'approchai mon oreille de sa bouche.

— J'ai voulu me barrer, chuchota-t-il, et ils m'ont...
J'vais crever...

Il butait sur chaque mot.

— Calme-toi.

— J'vais crever... j'le sais. Ils m'ont laissé crever à
petit feu.

— Qui étaient ces types ?

Il se mordit les lèvres et chiala.

— ...

Je répétai ma question.

— Ils... ils m'ont chopé à la sortie du squat.

— Où ça ?

Il m'agrippa le bras.

— À la porte... la porte de Batreuil...

31

Mon ventre grouillait de piranhas géants qui s'en donnaient à mâchoires-joie. J'avais une de ces envies de gerber ! J'ouvris la fenêtre.

Le vent frais me fit un peu de bien.

— Prends la troisième à gauche.

— Mais c'est un sens interdit.

J'en ai rien à branler ! gueulai-je.

François obéit sans sourciller.

— Maintenant, tu tournes à droite après le ED et après, c'est toujours tout droit, lui indiquai-je froidement.

Les mains crispées sur le volant, il ne quittait pas des yeux la chaussée mouillée.

Après m'être enfin calmée, je lui racontais ma découverte macabre.

— Il faut perquisitionner le squat de la porte de Batreuil ! s'écria-t-il. Et retourner encore à Euro-Plus car Dasilva et Legoux travaillaient pour lui.

— Pas dans un premier temps.

— Pourquoi ? demanda-t-il avec un bâillement. On a déjà un tas d'éléments...

J'éclatai d'un rire nerveux.

— Va voir le patron avec les quelques renseignements que l'on a et il va te rire au nez. Il va te balancer un regard glacial et te dire : « Je ne vois que des vues de l'esprit, revenez me voir avec des preuves. Un peu moins d'agitation, Gauthier, et un peu plus d'efficacité. »

François haussa les épaules, déçu.

— Maury n'est pas une petite frappe, ajoutai-je. C'est pas un vulgaire tox ou une pute qu'on appréhende. Il faut y aller mollo... Il doit avoir un sacré carnet de relations. Des types comme lui serrent plus souvent que toi et moi la louche de notre grand patron de la place Bauveau... et d'autres ministres.

Il approuva d'un hochement de menton mes conseils dignes d'un formateur de l'école de police. Avec une analyse parfaite de la situation. Ces conseils prodigués avec une certaine verve à mon cher stagiaire, je les avais enfreints une demi-heure plus tôt en pénétrant sans papier officiel dans une propriété privée et avant six heures du mat.

— Gare-toi, on va se boire un petit café.

Il se vrillait les yeux avec ses deux poings comme les bébés qui ont sommeil. Les virées nocturnes ne semblaient pas du tout être sa tasse de thé.

Angèla cessa de frotter ses verres et me gratifia d'un très large sourire derrière son comptoir, ravie de me revoir. C'était une femme d'une centaine de kilos au bas mot, avec les cheveux très bruns tirés en arrière et des lèvres peintes en rouge vif, sans oublier sa moustache qui narguait toutes ses séances d'épilage.

— Une revenante ! s'exclama-t-elle.

Elle m'étouffa contre sa poitrine qui aurait pu loger tous les hommes tristes du quartier.

— Déjà au boulot !

— Qu'est-ce tu crois... On est pas des fainéants

146

comme vous dans l'administration. Qu'est-ce que tu fous là ?

Les mains nouées dans le dos, le corps légèrement voûté, elle me dévisagea avec tendresse.

— Je viens me boire un p'tit café.

— J'suis là pour ça, ma p'tite.

— Je te présente François, un nouveau collègue.

Elle lui tendit la main.

— Salut !

— Bonjour, madame.

— Pour une fois, tu me ramènes un collègue poli, dit-elle.

Elle installa deux tasses dans le percolateur.

— S'il vous plaît, madame !

— Ouais !

— Je prendrai un chocolat.

Elle retira la tasse et marmonna un : « ça marche, jeune homme ! »

Je tendis le doigt sur les soucoupes avec des cuillères positionnées en ligne droite le long du comptoir comme pour une course.

— Tu prends de l'avance.

— Tu sais, ma p'tite, dit-elle d'un air las, au bout de vingt piges de maison je les connais bien, mes clients. Jusqu'à sept heures du mat, ils prennent tous un café, un crème ou un café arrosé... À part ton collègue.

Elle déposa les tasses fumantes et alluma sa radio.

— J'espère qu'ils vont pas encore nous tartiner avec l'anniversaire de la chute du mur de Berlin, pesta-t-elle, contrainte de se taper les infos avant son horoscope. Ils l'ont déjà fait à 5 h...

— C'est normal, madame, dit François ex cathedra, il s'agit d'un événement très important.

— C'est des conneries, tout ça ! lui cloua-t-elle le

bec. L'événement le plus important que je connaisse, c'est le jour de ma naissance... et celui de ma mort.

Estomaqué par ce cours magistral de métaphysique matinale sur zinc, François rengaina aussitôt sa morgue et se consacra exclusivement à son chocolat. Enfin un profil bas.

— Paye-toi, Angèla !

Je me délestai de mon dernier billet sur le comptoir. Elle secoua son index.

— Tu rigoles !

— Si, insistai-je.

— Laisse tomber, c'est la maison qui régale. C'est pas tous les jours qu'on a des poulets sympas au saut du lit.

— Salut, Angèla !

— Salut, ma belle !

Mal réveillés, des hommes marchaient tels des funambules sur le fil invisible tendu entre la nuit et le jour.

32

— Je vais remonter chez moi, dit Manu.

Les trois jours dans l'écomusée l'avaient bien requinqué. Il avait passé son temps à manger, dormir, boire de la bière en regardant la télé dans l'étroite maison de Gérard Caron, le gardien de l'écomusée.

Pendant ce temps, Gérard nourrissait dès l'aube les vaches, les oies, les chèvres, l'ânesse qui faisait la joie des gamins des touristes, retapait tout ce qui avait été bousillé par le passage des milliers de visiteurs de l'été et serait démoli la saison d'après, entretenait la locomobile à vapeur ainsi que les tracteurs anciens et modernes, débroussaillait... Il s'occupait plus particulièrement du réaménagement de son atelier de vannerie qu'il animait chaque année. Un boulot qu'il abattait, imperturbable, sous l'œil moqueur de Manu.

Gérard avait atterri un peu par hasard dans le coin, au moment où les années 70 déversèrent un tas de types dans les campagnes. Retour à la terre. Lui n'était pas parti par idéal de retour mais pour résilier son abonnement à Fleury-Mérogis et à Fresnes. Il avait rencontré une étudiante en droit qui voulait tout larguer et ils étaient descendus ensemble. Elle en eut très vite marre et, un matin, elle le plaqua dans leur baraque sans électricité sur le Causse. De petits boulots en petits boulots, il avait fini par atterrir comme gardien-vannier d'un écomusée. Deux saisons et demie par an d'une totale solitude. Interrompue par les animations de l'été et les quelques rencontres qui s'éteignaient au seuil de l'automne.

Gérard interrompit son boulot, posa un regard en coin sur Manu, et lâcha :

— Fais ce que tu veux.

Manu afficha un air cynique.

— Ça te fait chier que je me barre !

— Pas du tout.

— Alors pourquoi tu fais cette gueule ?

Il fronça les sourcils et lâcha :

— Je te l'ai déjà dit.

— Pfff... Ça te fait toujours chier que je fasse rien pour les autres, là-haut, chez les cinglés, lâcha Manu.

Gérard aquiesça d'un hochement de tête.

— Chacun sa gueule ! s'écria Manu.

Puis il prit le paquet de tabac de son hôte et se roula une cigarette.

— Je m'en suis sorti, reprit-il, je vais pas me refoutre dans la merde pour leurs beaux yeux. Y n'ont qu'à bouger leurs culs !

— Ton pote Sam...

— C'était pas un pote ! Bon, allez, laisse tomber ton sermon... J'en ai rien à foutre !

Gérard caressa le chat roulé en boule devant le feu de cheminée.

— Laisse tomber ta morale à la con.

Il avait relancé les hostilités au moment où Gérard avait réussi à se calmer.

— Non ! Je laisse pas tomber ! Je sais bien que ces gosses sont pas des petits saints mais...

Manu eut un haussement d'épaules méprisant.

150

— Qu'est-ce que t'en sais, toi... Tu connais rien de la zone. Tu connais rien de la came, de quoi tu parles alors ?

— Je te conseille de te la fermer !

— Pff... T'es qu'un p'tit baba venu faire son potager et élever des chèvres...

Soudain, Gérard se leva et l'empoigna par son pull. Il brandit son poing à quelques centimètres de son visage. Les yeux injectés de sang et les mâchoires serrées, il fixa Manu qui avait perdu de son assurance de docteur ès zones.

Il le repoussa d'un geste sec.

— Casse-toi ! Je t'ai assez vu...

Il reprit la confection de son panier en osier.

Penaud, Manu tira une dernière taffe et écrasa son mégot dans un cendrier. Il se tortilla un bon moment sur sa chaise, il croisa et décroisa plusieurs fois les jambes avant de trouver sa position. Il essaya vainement d'intercepter le regard de Gérard. Puis se mit à triturer la corbeille à pain en osier. Son pied ne cessait de remuer nerveusement.

Sans quitter des yeux son ouvrage, Gérard lâcha :

— La porte est toujours au même endroit.

33

Chaque matin, la porte de Batreuil ouvrait ses vannes pour déverser sur la capitale des flots de bagnoles qu'elle récupérait le soir même.

Depuis quelques mois, un Cash-Converters s'était installé dans les locaux d'une ancienne menuiserie qui avait déposé le bilan. C'était une espèce de Mont de piété avec système de vidéo pour éviter le matériel volé et sans la possibilité de récupérer les objets. Des gens piétinaient dans le froid pour vendre leurs babioles une bouchée de pain pour survivre encore un peu. Je les observai en imaginant la même queue composée d'habitants du VIIe arrondissement qui venaient refourguer un meuble Renaissance, un manuscrit inédit d'un auteur pas encore né, une chevalière armoriée... pour continuer de payer les cours de harpe de la petite dernière ou le vigile de la cave bourrée de bouteilles de bordeaux du troisième âge.

Le coup de sirène du gros paquebot qui me collait au cul me ramena à la réalité.

Je longeai un instant le périph avant de me garer dans une ruelle de Batreuil.

— Quel étrange quartier, dit François d'un air dégoûté à la vue des façades des immeubles pourris.

— C'est pas la Cadière d'Azur, c'est sûr...

Il posa un regard interrogateur sur moi.

— Tu connais la Cadière ?

— Et le Castellet aussi, frimai-je, alors que je n'y avais fait qu'une halte de deux jours.

Une demi-douzaine de grues s'activaient au-dessus d'un défunt pâté d'immeubles où s'étaient entassés squatters, vieux végétant avec une minable retraite et familles d'immigrés pour la plupart d'origine malienne.

Comme sur chaque porte autour de Paris, un mini-Forum des halles germerait.

Je montrai une porte en bois taggée et dis :

— Le squat est là.

Nous traversâmes la rue. Pour planquer sous une porte cochère qui ouvrait sur un garage.

Deux mécaniciens vêtus d'une combinaison aux couleurs de Renault étaient plongés dans l'intimité d'une bagnole. Un gros avec une tignasse rousse à la Rory Gallagher sortit son nez des entrailles du moteur. Son collègue l'imita. « Qu'est-ce que vous foutez là ! », brailla le rouquin en pointant sur nous un doigt cambouiteux mais surtout vindicatif.

— On en a pas pour longtemps, s'excusa François toujours aussi courtois.

— Laisse tomber, François ! Ne quitte pas des yeux le squat.

Évidemment, l'armoire à graisse équipée d'un cerveau un peu trop calaminé, se radina avec un instrument à la main et un air de Rambo sur la tronche.

— Qu'est-ce que vous foutez là ! radota-t-il.

Ma carte magique avait foutu la trouille à son coupe-boulon qui débanda sur-le-champ.

— J'pouvais pas savoir, maugréa-t-il en secouant la tête. Qu'est-ce que vous cherchez ?

— Pas toi, ricanai-je, si ça peut te rassurer.

Peu porté sur mon genre d'humour, il me jeta un regard méprisant et regagna son poste de travail.

Un long quart d'heure sans que le moindre squatter n'éprouvât le besoin d'acheter une demi-baguette ou de poster une lettre à sa maman. Puis, enfin, l'un d'eux se décida. Je filai un coup de coude à François qui rêvassait.

C'était un ado. Un fromage blanc, comme disent les beurs et les blacks pour désigner un individu de type européen. Il portait un bomber, un pantalon de survêtement sur une grosse paire de baskets, un bonnet un peu comme celui de Bob, et un anneau à chaque oreille. En uniforme, quoi.

Il inspecta la rue avant d'oser s'aventurer sur le trottoir. Il marchait très vite. Ses longs bras se balançaient comme ceux d'un drôle de loustic que j'avais rencontré une nuit de pressions dans un bistrot du XIe.

— On y va ? demanda François.

Le squatter entra dans une épicerie arabe.

— On le laisse faire ses emplettes d'abord, répondis-je.

Nous nous dirigeâmes lentement vers le magasin d'alimentation. J'avais travaillé tous les mercredis de ma dernière année de lycée dans une épicerie comme celle-là. Le patron, un musulman pratiquant et fier de l'être, refusait de vendre de l'alcool mais n'hésitait pas à laisser traîner ses mains sur mes fesses. Jusqu'à me coincer un jour dans l'arrière-boutique : la boîte de maïs avait fait mouche en pleine tête.

Notre ami le squatter sortit peu après, une canette d'Amsterdam à la main.

Il s'enfila une bonne gorgée.

— Dix degrés c'est mauvais pour la santé mon p'tit.

Son sourire dévoila une rangée de dents aussi dépeuplée qu'un village d'Ardèche en saison creuse.

— T'en veux un peu...

— Ouais, répondis-je.

— Donnant, donnant... Si tu me suces, je te file un coup à boire.

— Marché conclu, ouvre ta braguette.

Son sourire disparut. Il resta sans voix à essayer de retrouver son assurance perdue.

— T'as plus de langue ou pas de bite, me renseignai-je avant de balancer sa canette d'une claque.

Il me gratifia de l'incontournable « fils de pute » et essaya d'adjoindre à son idiome local un coup de pompe. Je pivotai légèrement pour éviter sa basket et, avec un mouvement de hanche pour me protéger d'un éventuel voyage de son poing, je balayai sa jambe d'appui d'un coup de tibia.

— Police ! me présentai-je avec ma chaussure sur son ventre.

Il éclata de rire.

— Toi, un schmit !

— François, colle-lui ta carte sur le nez... Alors, c'est bon maintenant, on arrête de jouer aux zorros.

François était aussi pâle que ces mannequins maltraités le dimanche au marché par la sécurité civile. Un vrai sensible notre Julien Sorel de la grande maison. Il risquait de me claquer un jour ou l'autre entre les doigts. Préférable pour sa santé qu'il s'investisse dans les dossiers.

— J'ai rien fait, larmoya le squatter.

— Lève-toi et fous-toi dos au mur.

Il m'obéit sans rechigner.

— Je parie que tu offres souvent ton sang, dis-je en soulevant les manches de son avant-bras.

— J'ai décro...

Il me toisa avec son air niais d'ado nourri aux séries américaines tous âges.

— Laisse tomber ton cinoche. Si tu réponds à mes petites questions, je te laisse cuver ta came... sinon je t'embarque.

— Vous ne pouvez rien contre moi ! protesta-t-il.

— T'inquiète pas, je vais trouver.

Il tenta de se barrer.

— Bouge pas de là !

Je bloquai sa tête contre le mur.

— Lâche-moi !

— Alors, faut répondre à mes petites questions.

— Ouais, mais lâche-moi.

Je libérai sa tête mais essorai le col de son blouson.

— Tu as connu un type dans ce squat... un black avec un anneau à l'oreille.

— Tout le monde en a ici, ricana-t-il.

— Un rasta avec une larme tatouée sous l'œil.

Il hésita avant de dire :

— C'est Gringo.

— C'était, corrigeai-je.

— Qu'est-ce qu'il a ?

— Plus rien...

— Comment ça ?

— Il est mort.

— Merde ! lâcha-t-il. De quoi ?

— D'une rencontre avec une balle de 44...

Il blêmit.

— ...

— Il se défonçait, Gringo ?

— Ouais, me répondit-il d'une voix tremblotante, un peu de vara de temps en temps...

— Il était accro ou non ? demandai-je.

— Ouais...

— Il dealait ?

— J'en sais rien. Eh ! s'écria-t-il vers François,

156

qu'est-ce que t'es en train d'écrire là ! C'est l'hiver, vous pouvez pas me balancer du squat.

— Prête-lui ton stylo, François, je crois que notre ami veut envoyer un fax à ses avocats.

— T'en as pas de meilleure...

— Trêve de conneries ! Ton pote, il s'est fait embarquer par des types qui l'ont laissé sur le carreau. Je voudrais savoir si tu es au courant de quelque chose.

Il leva les yeux au ciel en sifflotant tel l'honnête citoyen qui attendait son bus.

— Viens, François, dis-je, on se tire. Il ne veut pas répondre et c'est son droit. Ils vont le massacrer, lui aussi... Un tox de moins... avec une très belle petite boîte aux lettres dans le bide.

— Ouais, marmonna alors le squatter.

— Ouais, quoi ? martelai-je.

— J'ai un truc à te dire, bredouilla-t-il. J'ai vu... Y a trois ou quatre nuits, Gringo est sorti complètement cassé du squat. Je l'ai entendu gueuler dans la rue et... j'ai vu deux mecs le balancer dans une caisse et se tirer.

— Tu reconnaîtrais les types ?

— Non.

— Il y en a d'autres qui ont disparu du jour au lendemain du squat, comme Gringo ?

— Ouais.

— Beaucoup ?

— Ouais. On fait vachement gaffe quand on sort... On sort en général en groupe.

— Elle était comment, la bagnole ?

— Quelle bagnole ?

— Celle qui a embarqué Gringo.

— On aurait dit une bagnole de flics. Y en avait un qui avait le crâne rasé...

— Comment ça, une voiture de flics ? intervint

157

François qui n'avait pas ouvert la bouche depuis le début de l'interview.

— Une banalisée. Un break avec un gros clébard à l'arrière.

— C'était peut-être des skins, supposai-je.

— Non, ils vadrouillent dans le coin que quand y a des élections... ou des manifs du Front. Je suis sûr que c'étaient pas des skins. Nous, au squat, on a cru que c'étaient des poulets qui voulaient nous embarquer...

— On aura besoin de ta déposition.

Il dansait d'un pied sur l'autre.

— Pas de ça, refusa-t-il, j'ai assez de merde sur le dos comme ça.

Je fixai ses yeux aux pupilles dilatées, injectés de sang. Il venait de basculer de l'autre côté. Le produit commençait à planter ses crocs dans sa chair.

Il se laboura les bras et ajouta :

— Je sais rien ! Je sais rien... Je sais rien.

— Tire-toi !

Il n'attendit pas une lettre recommandée pour regagner en quatrième vitesse son squat.

— On le laisse partir lui aussi, soupira François qui perdait beaucoup d'illusions sur la police française.

— On sait où le trouver...

Il haussa les épaules.

— En plus, ajoutai-je avec un sourire, on connaît bien le proprio de son domicile.

34

La R12 break s'arrêta. Manu descendit et ouvrit en grelottant de froid la lourde grille de l'écomusée. Il jeta un ultime regard comme pour emmagasiner un maximum de souvenirs de ces trois jours.

Son retour en ville ne serait pas simple.

— Ton train est à quelle heure exactement ? demanda Gérard qui redémarrait sa voiture.

— À 10 h 55.

— On a juste le temps.

Le visage de Manu s'obscurcit.

— ...

— Tu as peur de retomber dans...

— Ouais, aquiesça Manu.

Gérard le dévisagea.

— Tu pourrais rester dans le coin...

— Vivre de quoi ! s'énerva Manu.

— Je t'ai dit qu'il y a...

— Laisse tomber ! Ça m'intéresse pas.

— Tu vis de quoi, là-haut, peut-être ?

Il s'éclaircit la voix avant de dire :

— Je peux toujours faire un p'tit bizness pour redémarrer... Et dès que j'ai quatre ou cinq billets de 500, je me mets à chercher un taf...un vrai taf. Mais y faut que je me renfloue..

— Replonger pour mieux remonter, ricana Gérard.

— Qu'est-ce que tu veux que je fasse, alors ?

— Me dis pas, alors, que tu veux que ton passage chez les bargeots des Maurilles te serve à quelque chose. Tu as réussi à décrocher, au moins prends la seule chose bonne de chez eux.

— Je veux plus entendre parler d'eux !

Durant une longue minute Manu se renfrogna, la joue contre la vitre.

Il se reprochait d'emmerder une nouvelle fois le seul type qui avait essayé de l'aider, gratuitement, sans morale sociale ou familiale. Sans chichis. Simplement prévenu qu'il ne pourrait l'héberger plus de trois jours. Pris d'un vertige de paroles, il s'était confié durant son court séjour à Gérard dont il ne connaissait absolument rien. Ce dernier n'ouvrait la bouche que pour dire les choses essentielles comme si le moindre mot coûtait une fortune. Il lui avait tout raconté, en vrac ; sa mémoire s'était renversée comme un camion benne sur la chaussée. Il s'était étalé comme jamais auparavant : toute son existence jusqu'à son arrivée dans le Lot. Pas une seule fois, Gérard ne l'avait interrompu, ni porté le plus petit jugement de valeur sur ses confessions.

Les yeux sur les falaises, il bafouilla une brève excuse.

Gérard répondit d'un geste agacé.

Il conduisait pépère sur les routes sinueuses qui descendaient vers la vallée. Il klaxonna et lâcha un juron lorsqu'il croisa le camion d'un meunier qui l'obligea à faire un écart.

Après avoir jeté un coup d'œil furtif sur Manu toujours le nez contre la vitre, il écrasa son mégot. Puis il fouilla dans le vide-poches bourré de cassettes. Dès les premières notes de *Sultans of a Swing* de Dire Straits, il accéléra.

Manu posa un regard interrogateur sur lui. Surpris de découvrir pour la première fois un sourire sur la face de l'ours, un sourire de gosse.

— Je pense que...

— Quoi ? demanda Gérard.

— Je pense que j'suis assez fort ! gueula-t-il pour couvrir la guitare de Mark Knopfler. J' vais pas retomber.

Gérard hocha la tête, sceptique.

« J' vais rester clean », murmura Manu, et il tourna de nouveau son regard vers les falaises.

Clean.

35

— Terminus ! annoncai-je.

— Qu'est-ce qui se passe ? On est où ?

Je coupai le contact.

— Chez m'sieur Maury.

François se confondit aussitôt en plates excuses, emmerdé d'avoir piqué un roupillon en plein service.

— T'inquiète pas, le rassurai-je avec un sourire, ça te sera pas débité sur ta paye.

J'appuyai sur le bouton de l'interphone.

— C'est pourquoi ? demanda une voix avec un accent.

— Commissaire Benarous, je voudrais voir monsieur Maury.

— Vous avez un rendez-vous ?

— Non...

— C'est pas possible.

— Dites-lui que c'est au sujet de l'affaire Dasilva, insistai-je.

Sans nous quitter des yeux, le cerber-bère en tenue de vigile téléphona derrière sa guérite vitrée. Avec de grands gestes et des mimiques comme les gosses jouant au jeu des métiers.

Des caméras disposées de chaque coté de la façade

surveillaient l'entrée et un fossé surmonté de hautes grilles ceinturait l'immeuble.

La porte s'ouvrit avec un bruit étouffé.

Très méfiant, le vigile beur qui tenait en laisse une montagne de muscles sur quatre pattes, nous invita à montrer nos cartes. Il vérifia si les photos correspondaient bien aux êtres de chair et d'os qui se tenaient devant lui. Je souris : plutôt rare qu'un Arabe vérifie l'identité d'un flic.

— Vous pouvez y aller.

Les portes d'entrée s'effacèrent pour nous laisser passer. Une vague de chaleur chargée d'air conditionné nous réceptionna avant d'être pris en charge par une fausse blonde derrière un vrai comptoir en verre.

— Bonjour ! dit-elle avec un sourire à la Shere-Kan. Je vous en prie... Asseyez-vous sur les fauteuils en attendant que monsieur Maury puisse vous recevoir.

— Il en a pour longtemps ? me renseignai-je ; je n'avais pas envie de poireauter des heures.

— Je ne pense pas... mais il ne pourra pas vous consacrer beaucoup de temps. Si vous désirez prendre un rendez-vous pour une date ultérieure.

Elle ouvrit immédiatement son agenda avec l'espoir de nous y caser.

— Je préfère attendre, dis-je.

— Vous devez laisser vos pièces d'identité à l'entrée, nous informa-t-elle. C'est le règlement interne.

En flics soucieux d'obéir aux règles, nous lui confiâmes nos papiers et nos fesses aux superbes fauteuils noirs. François se plongea aussitôt dans la lecture d'une revue automobile comme chez son dentiste.

J'examinai le vaste hall très éclairé. Des caméras étaient positionnées au-dessus de chaque porte d'escalier et devant les deux ascenseurs.

Deux vigiles sortirent d'une pièce, ils roulaient des

mécaniques et traînaient des rangers. Ils semblaient fiers d'être vêtus de la panoplie vendue aux plus pauvres en temps de crise. Ils eurent un bref conciliabule avec notre hôtesse avant de se diriger vers la guérite.

Pendant le petit quart d'heure où je m'impatientais depuis au moins une heure, la femme n'avait cessé d'égrener des ordres. Entre deux coups de fil, madame « il faut que... » rivait souvent son œil sur une flopée d'écrans de contrôle.

— Un vrai chien de garde, cette nana, dis-je à François.

« Commissaire Benarous, gronda une voix dans un haut-parleur. Vous pouvez prendre l'ascenseur jusqu'au 8e... Monsieur Maury va vous recevoir. Merci. »

Nous nous dirigeâmes vers l'ascenseur lorsque la voix nous freina tout à coup dans notre élan : « Seulement le commissaire Benarous ! », ordonna l'inconnu qui suivait certainement nos évolutions sur un écran.

— Attends-moi là.

À l'étage, un géant au crâne rasé m'ordonna d'un geste de le suivre. Il me précéda dans l'étroit couloir. Il cogna un bref coup à une porte.

— Vous pouvez entrer, répondit une voix autoritaire.

Le presque-deux-mètres ouvrit et s'effaça pour me laisser passer. D'un imperceptible mouvement de tête, son maître lui ordonna de s'éclipser.

— Bonjour, madame Benarous, dit-il, la main posée sur la souris de son ordinateur.

— Bonjour.

Maury était un homme d'une cinquantaine d'années plutôt bien conservé. Vêtu d'un costume de coupe moderne, avec une cravate à motifs. Un adepte de la chasse aux cheveux blancs. Malgré ses efforts pour refouler les années, son ventre trahissait les nombreux repas d'affaires rarement composés d'un jambon-beurre et d'un demi.

Il était assis derrière un gigantesque bureau : une plaque de verre posée sur des pieds en céramique peints de couleurs chaudes. Un mélange de Stark et de Nicki de Saint-Phalle. Tous les murs de la pièce éclairée par une large baie vitrée étaient occupés par des étagères bourrées d'archives.

— Asseyez-vous.

Guère contrariante, je m'installai dans le fauteuil qu'il me désigna. Le traître s'affaissa dès que je m'assis et j'aurais pu entamer une conversation avec les genoux de mon interlocuteur.

— Il n'est pas causant celui qui m'a fait entrer, dis-je en me redressant le plus possible.

Maury réprima un sourire.

Fabio... c'est normal, il est muet.

— Ça veut tout dire, plaisantai-je.

— Madame Benarous, embraya-t-il aussitôt, allez à l'essentiel car je dois prendre un avion.

— Vous devez être au courant de la mort des Dasilva et maintenant de celle de Legoux.

— Oui, acquiesça-t-il, la mine attristée. J'ai appris la mort de Legoux hier soir par un coup de téléphone déchirant de sa femme. La pauvre. Je lui ai promis d'ailleurs de l'embaucher le plus rapidement possible... disons dans la mesure de nos possibilités.

Ce type savait se servir du langage, sans aucun doute un commercial hors pair. Son point faible n'était pas de ce côté-là. Je concentrai alors toute mon attention sur son visage pour y déceler la moindre faille.

— Comment étaient Dasilva et Legoux ?

Il leva le pouce.

— Des gars impeccables...

— Qu'est-ce que vous entendez par impeccables ?

— Je n'ai jamais rien eu à leur reprocher. Ils faisaient un travail parfait. J'ai leurs fiches d'évaluation depuis leur entrée chez nous... jusqu'à cette terrible histoire.

— Prenaient-ils de la drogue ?

Il pouffa.

— Certainement pas...

— Pourtant la femme de Dasilva a été retouvée morte d'overdose et en possession d'une grosse dose d'héroïne... Et Legoux se droguait aussi et avait une dose d'héroïne dans sa voiture.

Il toussota, l'air étonné.

— Je dois avouer que ce que vous m'apprenez me surprend vraiment beaucoup.

— Legoux avait purgé une peine de prison et les sociétés de surveillance sont...

— Sont soumises à des règles draconiennes pour les embauches, me précéda-t-il. Notamment demander un extrait de casier judiciaire et envoyer un double du contrat à la préfecture. Tout a été fait en bonne et due forme. Le casier de monsieur Legoux, comme celui de tout notre personnel, était vierge.

— Ce n'est pas ce que nous a dit sa femme.

Il semblait embarrassé.

— Ce que je vais vous révéler, me confia-t-il, les yeux baissés sur son bureau, doit rester entre nous. Il ne faut surtout pas que cela revienne aux oreilles de madame Legoux qui a déjà été choquée par la mort de son mari.

— Abrégez, monsieur Maury, ironisai-je, sinon votre avion risque de décoller sans vous.

Son regard glacial m'indiqua la température de son sens de l'humour.

— Legoux n'a jamais fait de prison, affirma-t-il. Il

166

était parti plusieurs mois avec une autre femme à Bonn. Alors que sa femme était enceinte, il avait eu le coup de foudre pour une jeune touriste allemande rencontrée à une terrasse de café et était parti avec elle. Malheureusement pour lui, le coup de foudre se transforma en cauchemar car sa maîtresse le plaqua très vite. Il se retrouva sans un sou à Bonn. C'est à cette période-là que je l'avais rencontré. Je lui avais laissé ma carte en lui demandant de me recontacter... Ce qu'il fit dès son retour en France.

— Sa femme l'a cru, m'étonnai-je.

Il épousseta sa veste.

— Vous savez, c'est une femme très simple.

Merci, je ne m'en étais pas rendu compte.

— Vous ne trouvez pas ça étonnant que deux de vos employés meurent de mort violente en quelques jours ?

Il me gratifia à nouveau d'un regard qui avait passé quelques mois dans un congélateur.

— Entre toutes les activités de mon groupe, j'ai plusieurs centaines d'employés. J'ai beaucoup de personnel et celui-ci ne m'appartient pas en dehors des heures de travail. D'un point de vue professionnel, Dasilva et Legoux étaient impeccables... Mais il se peut tout à fait qu'ils aient trempé dans des histoires de drogue. Je ne peux vous donner que mon angle de vue de patron, vous donner les quelques informations en ma possession, mais je ne peux faire votre enquête à votre place.

Et pan !

— Pourquoi n'entamez-vous aucune procédure d'expulsions pour vos immeubles squattés ? ripostai-je.

La brusque crispation de sa mâchoire, comme s'il venait de se casser une dent, ébrécha son masque serein de patron tranquille. Il pencha légèrement la

167

tête. Il tritura sa souris, cliqua dessus, se concentra un instant sur son écran, pianota une petite minute sur son clavier, et cliqua encore une fois. Puis se tourna de nouveau vers moi.

Son sourire avait repris possession de son visage.

— Vous savez qu'il y a des projets de ZAC sur ce quartier, m'informa-t-il. Je suis en procès depuis plusieurs années contre la mairie qui m'a signifié son droit de préemption sur mes biens immobiliers... les biens immobiliers qui font partie du patrimoine de notre groupe. Mes avocats exercent toutes les voies de recours possibles et imaginables. Je ne suis pas près de lâcher le morceau mais tant que cette épée de Damoclès pèse sur nous, je ne peux rien envisager concernant tes immeubles. J'ai d'autres chats à fouetter que de me battre contre quelques squatters...

La brève inquiétude perçue dans sa physionomie après ma question avait disparu. Et ses explications me semblaient cohérentes.

— Je vais vous laisser prendre l'avion, lui dis-je en m'extirpant de son fauteuil rétrécissant. Je...

Je voulais l'interroger sur le hangar de Pantenay mais me ravisai et décidai de conserver pour moi cet épisode.

— Oui.

— Non... rien.

— Je me tiens à votre entière disposition ainsi que mes assistants pour d'autres informations, fit-il avant de me broyer la main comme pour se venger de son temps perdu. Au revoir et bon courage pour votre enquête.

Les dirigeants ont tous cette façon commune de ne rien dire ou de dire non mais toujours avec le sourire. Les grandes écoles sont commes des photocopieuses

168

qui balanceraient des centaines de photocopies aux leviers de commande.

Le muet se matérialisa comme par magie dans le couloir et m'escorta jusqu'à l'ascenseur.

— On y va, François, dis-je, pressée de sortir.

La standardiste nous rendit nos pièces d'identité et nous souhaita une excellente fin de journée avec un large sourire. Le rouge à lèvres saignant en plus, elle avait les mêmes mimiques que son grand patron. Chacune de leurs attitudes était comme entourée d'un papier cadeau.

François se retourna à plusieurs reprises vers elle. Jupe courte sur talons et décolleté à ne pas décoller le regard étaient à coup sûr les attributs qui faisaient bander mon adjoint.

Le vigile de la guérite ouvrit la porte et nous suivit des yeux jusqu'à notre voiture.

— Tu prends le volant, François.

J'avais mal au crâne.

« Quelle merde, cette histoire » soupirai-je. Je serais mieux à me collincr une sculpture ou une toile. « Plaque le 38 pour un pinceau », plaça opportunément mon double qui ne voyait pas son talent moisir à la grande maison.

Assise dans son canapé rapiécé maintes et maintes fois pour camoufler les trous, elle fumait cigarette sur cigarette. Sans oser regarder les deux hommes installés depuis une demi-heure à la table du salon.

— Comprenez-nous, madame Potier, répéta le gros blond qui ne cessait de parler. Votre fils a été admis dans notre centre après une overdose qui a failli lui être fatale. Et vous n'êtes pas sans savoir que ce n'est pas la première fois que...

— Oui, murmura-t-elle.

— Votre fils est arrivé en urgence dans notre centre de cure. Il a été tout de suite pris en charge par nos services... Et je peux vous assurer qu'au bout de quelques semaines, il était transfiguré. Ressuscité.

Elle haussa les épaules, sceptique.

— Il a fait un tas de centres et c'est toujours comme ça, dit-elle.

Le brun en costard qui n'avait pas ouvert la bouche depuis le début se redressa sur son siège et dit :

— Madame, permettez-moi d'intervenir en tant que médecin psychiatre...

Il laissa le mot opérer son effet et continua :

— Je peux vous assurer que votre fils n'avait jamais

fait autant de progrès. Le juge avec qui nous travaillons et qui, au lieu d'enfermer les toxicomanes pour les méfaits qu'ils commettent pour se procurer de la drogue, préfère les envoyer dans notre centre... Ce juge, pourtant très compréhensif, nous avait fait comprendre que votre fils était un toxicomane violent et que les derniers actes qu'il avait commis contre un officier de police pouvaient l'envoyer pour de nombreuses années derrière les barreaux. Nous étions sa dernière solution de réinsertion. Et je dois avouer que nous avons...

— Je reviens, s'excusa-t-elle.

Elle retourna à la cuisine, but discrètement du rouge au goulot, s'arrêta dans les chiottes et tira la chasse, puis rejoignit en traînant des pieds son canapé. Et son cendrier.

— Je dois avouer, madame Potier, reprit le psychiatre, irrité par les escapades de la vieille toutes les trois ou quatres minutes, que nous avons partiellement échoué. Je vous dis ça en toute franchise, car votre fils est notre premier échec.

— Y a rien à faire, soupira-t-elle.

— Si, madame, dit le psychiatre. Votre fils souffre de troubles de dysfonctionnement de la personnalité. Et sa toxicomanie accentue sa paranoïa et sa schizophrénie...

— En termes plus clairs, traduisit le petit blond, votre fils se raconte des histoires et pense qu'il est persécuté... surtout par ceux qui tentent de l'aider.

Elle aquiesça d'un signe de tête résigné et écrasa son mégot dans le cendrier Burger King. Et alluma une autre cigarette. Au lieu de se taper la queue au tabac, elle aurait pu proposer à la Seita une livraison à domicile et un prélèvement direct sur son livret de Caisse d'Épargne.

Son regard n'était plus qu'un mur derrière lequel tournaient sans cesse les mêmes images. Comme une chaîne de télé qui déroulerait en boucle le même drame.

— Nous avons fait spécialement le déplacement du Lot, fit le psychiatre qui triturait sa barbe, car nous pensons que Emmanuel, votre fils, était sur la bonne voie et que...

Il toussota dans son poing, jeta un coup d'œil circulaire dans le salon, un salon qui aurait beaucoup plu à Giscard quand il se tapait l'incruste chez les Français moyens — sans moyens —, et continua d'une voix grave :

— S'il ne revient pas, il encourt une grosse peine de prison. Tandis que s'il accepte de repartir avec nous et de continuer son traitement jusqu'au bout, le juge d'application des peines peut encore lui faire une fleur, sinon...

Elle échangea un regard avec le blond au visage poupon qui l'intimidait un peu moins, posa un quart de seconde les yeux sur le psychiatre, et s'arrêta sur une photo encadrée sur un meuble en bois clair. Un enfant blondinet souriait à l'objectif d'un photographe qui devait se taper toutes les écoles de la ville. Un large sourire rehaussé de deux yeux joyeux.

— J'peux rien faire, dit-elle.

— Si, fit le blond.

— Mais quoi ? demanda-t-elle, les bras écartés devant elle, l'air impuissant. J'ai tout fait ! Qu'est-ce que vous voulez que j'fasse de plus, moi ?

Le blond lui tendit alors un petit carton.

— Juste nous téléphoner à ce numéro s'il vient vous voir... et nous laisser un message sur la boîte vocale.

— Quelque chose me dit qu'Euro-Plus a un rapport direct avec ces meurtres.

Le patron me concocta alors son regard qui tue.

— Et qu'est-ce qui vous dit ça ?

Je haussai les épaules.

— Je ne sais pas...

— Vous m'étonnez, Benarous, fit-il d'une voix très lente. Vous, habituellement si pragmatique, vous vous laissez aller comme un jeune inspecteur impatient. Vous n'avancez depuis plusieurs minutes que de vagues hypothèses.

— ...

J'étais épuisée. Une bonne partie de ma nuit à ressasser cette affaire. Les explications de Maury passées à la moulinette, bien au chaud dans mon lit, avaient perdu peu à peu de leur véracité. Et maintenant, c'était le patron qui me faisait de nouveau douter. Que penser devant le divisionnaire qui, point par point, démontait mes arguments ?

« Tu n'es pas faite pour ce boulot », m'asséna une énième fois mon emmerdeur de double, pressé de renifler les odeurs de peinture. « Et tu vas bouffer comment ! », lui rétorqua un fantôme de Nassima adulte et responsable qui traînait dans le coin.

— Pas de précipitation, Benarous. Je tiens à vous signaler que Maury est le gendre d'un ancien ministre redevenu sénateur et qui a, comme on dit, encore beaucoup d'influence dans les cercles du pouvoir. Suite à la visite de Gauthier à Euro-Plus, j'ai eu un coup de fil du préfet me rappelant la position de Maury. Estimez-vous heureuse de pouvoir encore vous occuper de cette affaire.

Je triturai la fermeture Éclair de mon blouson.

— Que me conseillez-vous ? De laisser tomber Maury ?

— Absolument pas.

— Alors ?

Il croisa ses mains sur son bureau.

— Je vous conseille de la prudence. Si Maury est dans le coup, trouvez des preuves irréfutables et amenez-les-moi.

— Chaque citoyen est présumé innocent, ironisai-je, mais certains plus que les autres.

— En quelque sorte, approuva-t-il du bout des lèvres.

*

— C'est ici.

Je fixai l'enchevêtrement de métal tordu et de bois noirci qui s'élevait à la place du hangar.

— Une preuve partie en fumée, observa le patron avec un soupçon inhabituel de cynisme.

Je sortis en rage de la bagnole et me dirigeai à grandes enjambées vers un groupe d'ouvriers en bleus de travail. Ils chargeaient de longues caisses dans un semi-remorque.

174

— Qu'est-ce qui s'est passé dans le hangar ?

— Un court-circuit, me répondit un grand avec une casquette. Ça a cramé tout de suite... C'était pourri.

Je rejoignis le patron pelotonné dans la voiture et qui fixai le mini-Beyrouth.

— C'est un court-circuit... mais je n'en crois pas un mot.

Il tenta de camoufler un bâillement derrière sa main.

— Benarous, dit-il, si Maury fait du trafic de drogue, coincez-le.

Je me réveillai à 23 h 16. En sueur.

Je m'étais écroulée comme une masse en rentrant de ma journée de boulot.

Après avoir semé mes fringues sur la moquette, je me glissai sous ma couette. La place était encore agréablement chaude. J'ouvris *Notes*, une toute nouvelle revue de notes d'atelier avant de me rabattre sur la lecture d'un vieux *Libé*. Bâillai. Mon corps réclamait sa dose de sommeil. Je réglai mon réveil à huit heures et éteignis la lampe de ma table de chevet.

Les yeux fermés, je tentai de choper le changement pour la ligne du sommeil.

Ma respiration me provenait, lointaine, comme hors de mon corps.

Je n'arrivais pas à détacher les yeux du radio-réveil. Chaque chiffre s'effaçait sagement pour laisser place à un autre, mais j'avais l'impression qu'il s'agissait de la même minute camouflé dans un nouveau déguisement lumineux.

Au bout de onze minutes, je balançai la couette et m'installai en tailleur sur le lit. Je massai mes paupières. Composai le numéro de mon antidépresseur préféré mais raccrochai à la première sonnerie. Fumai une cigarette.

Je n'avais pas envie de l'emmerder avec ma énième insomnie et mes angoisses chroniques.

Une autre clope pour réfléchir encore un peu. Puis appuyai finalement sur la touche bis.

— Je te réveille, Bob ?

— Non.

— C'est sûr ?

— Qu'est-ce que tu as ?

— Rien.

— Tu as une drôle de voix.

— Je n'arrive pas à dormir.

— Attends.

J'entendis le bruit de son briquet. Pas la grande forme lui non plus pour avoir repris la clope.

— Voilà, Nassima... je suis tout ouïe. Qu'est-ce qui t'arrive, alors, ma p'tite ?

Je calai mon dos contre l'oreiller.

— Je ne sais pas, je n'arrive pas à dormir.

— Tu as des emmerdes ?

— Non.

— Qu'est-ce que tu as, alors ?

Silence.

— Je me sens crevée...

— Dodo... y a que ça.

— Ouais...

Silence.

— Tu veux descendre ?

39

Elles étaient assises dans la salle d'attente. Les traits tirés. Les yeux dans le vague. Silencieuses. Serrées l'une contre l'autre. Un corps à trois têtes. Elles se levèrent en chœur à mon arrivée. Le foulard mal noué de ma mère laissa s'échapper une mèche de cheveux sur son front.

— Nassima, on a essayé de te joindre toute la nuit, me reprocha d'emblée ma mère. Ça ne répondait pas... et y avait pas le répondeur. T'étais où ?

— Où est-il ?

Soraya me répondit d'une voix épaissie par le manque de sommeil et la nicotine :

— Le médecin est avec lui. Il nous a demandé de sortir...

— Quelle chambre ?

— 321, murmura Soraya.

— Nassima, dit Fatima en ravalant ses larmes, c'est un voisin qui l'a trouvé cette nuit, dans le square, en promenant son chien.

Je me ruai vers la chambre.

— Qui êtes-vous ? me demanda le médecin, un jeune type très athlétique.

— Sa sœur aînée.

Après m'avoir recommandée de ne pas rester trop longtemps, il quitta la chambre.

Rachid était allongé sur le dos, le front ceint d'une bande. Pas beau à voir. Son visage était tuméfié, son arcade gauche éclatée et ses lèvres fendues.

Je frappai mon front du plat de la main et poussai un profond soupir. Je fermai les yeux. Je ne pus m'empêcher de voir le cadavre bousillé de Dasilva qui gisait dans son sang... et d'y coller la tête de Rachid. Angoissée, je rouvris les yeux et les posai dans un réflexe stupide sur le lit comme pour vérifier. Je frémis en songeant à la mort qui l'avait frôlé.

Quand Soraya m'avait appris son tabassage, je n'avais pas fait du tout le lien avec mon enquête. J'avais pensé qu'il s'agissait d'une agression ; Rachid avait tellement l'habitude de traîner la nuit et de bavarder avec tout le monde. Mais en le voyant là, à quelques centimètres de moi, le visage en sang : le déclic.

Je rapprochai un siège de son lit et m'assis.

Il entrouvrit ses paupières deux minutes plus tard. Lorsqu'il me vit, il esquissa un sourire mais ne put réprimer un petit râle de douleur.

— Ne parle pas, recommandai-je ; ma main se referma sur la sienne.

— Nassima, murmura-t-il.

— Ça va, Rachid ? m'inquiétai-je avec une marée montante dans les paupières.

Il haussa les épaules.

— Ouais...

Ses yeux tristes un bon moment dans les miens.

Brusquement, je me levai de mon siège et boxai ma paume en répétant :

— Putain ! Putain !

— Calme-toi, Nassima, bredouilla-t-il.

179

Il me fixa avec des yeux très sombres.

— Excuse-moi...

Il me fixait toujours.

— ...

— Qu'est-ce que t'a dit le médecin ?

Il haussa les épaules.

— Je suis bien démoli...

— Tu as quoi ?

— J'ai deux côtes pétées.

— Merde !

— T'en fais pas, me rassura-t-il, je suis pas mort.

Je levai les yeux.

— Tout ça est de ma faute.

— Arrête tes conneries.

— Si, c'est de ma faute.

— Non, Nassima, protesta-t-il. Tu n'y es pour rien.
Tu ne vas pas te mettre à culpabiliser.

J'essuyai discrètement ma larme.

— Tu as raison, affirmai-je sans grande énergie. Je
vais les retrouver, ces fumiers.

Un pâle sourire tenta une percée sur son visage.

— Je te préfère comme ça, la frangine.

— Tu pourrais les reconnaître ?

Il cracha dans un mouchoir avant de me répondre :

— Ça s'est passé vachement vite. Ils sont sortis
d'une grosse bagnole et m'ont sauté dessus. J'ai reçu
un coup de boule et ils m'ont massacré à coups de
bottes.

— Ils étaient combien ?

— Trois ou quatre. Ils m'ont dit...

Il se tut, l'air emmerdé.

— Quoi ?

— Non, rien.

— Dis-le-moi, insistai-je.

— Ils m'ont dit : Si ta frangine continue de jouer la

fouille-merde, ça sera pire la prochaine fois... On se fera ta mère ou l'une de tes frangines.

— Je t'avais dit !

— Qui sont ces mecs ?

— Des types qui bossent pour le patron d'une importante société de télésurveillance.

— Mais qu'est-ce qu'il te veut ?

— Il magouille. Je ne sais pas dans quoi mais je suis sûr qu'il magouille. Je le soupçonne d'avoir commandité plusieurs meurtres, certainement liés à la came.

— Qu'est-ce que tu attends pour le serrer ?

— Pour l'instant, je n'ai pas la moindre preuve, soupirai-je. Et ce type est un gros PDG qui connaît du monde chez les politiques... C'est un mec qui a le bras très long.

— Coupe-lui, plaisanta Rachid.

Je penchai la tête et détaillai mes chaussures. Je vais jeter l'éponge, me dis-je, choquée par le tabassage de Rachid et les menaces sur le reste de la famille. Je ne pouvais pas les mettre en danger.

Ils avaient réussi à toucher la corde sensible.

— Tu penses à quoi, Nassima ?

Je frottai mon front.

— Je vais laisser tomber cette affaire sinon ça va tous nous causer des emmerdes.

Il se redressa sur son oreiller.

— Bouge pas, Rachid, dis-je.

— Nassima, fit-il, le souffle très court, il ne faut pas que tu laisses tomber.

— Si.

— Non ! s'énerva-t-il. Pour une fois que tu tiens un vrai fumier, tu vas pas le lâcher. Pfff... On va pas encore se laisser niquer ! ajouta-t-il d'une voix très faible malgré toute la fougue de sa révolte sans édulcorant.

— Calme-toi, Rachid.

— Fais-moi plaisir... Serre-le.

Je secouai la tête, impuissante.

— Mais ils vont se venger sur la mère et les frangines.

— Emmène-les à la gare, dit-il avec un haussement d'épaules, elles peuvent aller chez la tante à Toulouse. Et toi, tu peux continuer ton enquête.

— Et toi ?

— Moi, je ne risque rien ici.

— Si, dis-je.

— Écoute, si ça peut te rassurer, la frangine, me proposa-t-il, je pars avec eux.

J'esquissai un sourire. Il souhaitait vraiment que je boucle cette affaire pour décider de se coltiner notre tante qu'il détestait.

— Alors, Nassima !

— Je ne sais pas trop.

L'image d'un gosse amputé de ses deux parents revint soudain à la charge. Et maintenant Rachid amoché sur un lit d'hôpital ! La résignation se transforma tout d'abord en une profonde haine, avant d'être relayée par une grande détermination. Ce fumier allait payer ! Je commençais à me creuser le cerveau pour trouver un moyen de le faire tomber au plus vite.

Pendant ma petite réflexion, Rachid s'était rendormi. Un regard attendri sur le petit frère. Encore stupéfaite de sa collaboration avec sa grande sœur poulet.

Je remontai doucement son drap et sortis sur la pointe des pieds.

Submergé par les questions de mes frangines, le jeune médecin ne savait plus où donner du stéthoscope.

182

— Je vais mettre un homme devant sa porte, dis-je.

Soutenue par Soraya, ma mère abattue posa sur moi ses yeux éteints.

— Pourquoi ? s'étonna le médecin.

— Il risque de se faire agresser une seconde fois.

Je regrettai aussitôt d'avoir balancé cette info devant ma mère.

— Qu'est-ce qui se passe ma fille ? s'empressa-t-elle de demander d'une voix angoissée.

— Je t'expliquerai plus tard.

— Je suis ta mère, Nassima !

La colère lui redonna de la vivacité.

— Je peux savoir quand même ! ajouta-t-elle.

— Les filles, dis-je à mes sœurs sans tenir compte des récriminations de ma mère, il faut que vous partiez à Toulouse le temps que cette enquête aboutisse.

— Non et non ! trancha ma mère à la place de tout le monde. Il en est hors de question. C'est comme ça !

Pas besoin d'un traducteur du kabyle en français pour expliquer à l'infirmière qui passait à ce moment-là dans le couloir l'obstination de ma mère.

— Écoute, lui dis-je, il faut absolument que vous partiez, sinon vous pouvez avoir de gros problèmes. Pas longtemps...

— Non, se buta-t-elle. Je partirai pas en laissant Rachid. Tu peux monter au ciel et redescendre, je reste ici.

— Rachid vous rejoindra dès qu'il pourra sortir de l'hôpital, lui promis-je.

Malgré toutes mes explications, elle ne voulut pas en démordre. Convaincre un militant du Front National d'adhérer à SOS Racisme aurait été beaucoup plus simple que de la faire changer d'avis.

— Mais c'est quoi, cette histoire ? s'inquiéta Soraya assise derrière son volant.

— On cherche à m'intimider parce que je touche à quelqu'un de très important...

Ma mère plaqua soudain ses mains sur son visage et éclata en sanglots. Le concert de lamentations recommençait de plus belle. Soraya tenta de la calmer.

— Je t'avais dit que ce métier t'amènerait des problèmes, m'asséna-t-elle entre deux appels à Dieu. Tu veux jamais m'écouter et tu vois où tu nous mènes tous. Rachid, mon fils, il aurait pu mourir...

Et un dernier petit flot de larmes pour la route...

— Dis pas des choses comme ça, maman, répliqua Fatima. Nassima aime ce qu'elle fait.

— Et nous, là-dedans ! lâcha ma mère.

— Tu as oublié comment Rachid t'a engueulée tout à l'heure, lui rappela Fatima. Même Rachid qui n'aime pas la police ne veut pas qu'elle arrête à cause de lui.

J'adressai un remerciement muet à Fatima. Dans ma situation d'extrême tension, je n'aurais pu me dépatouiller de l'énième tentative de culpabilisation de ma mère. N'importe quel prétexte était bon pour me rebattre les oreilles avec les mêmes arguties depuis mon entrée à la police. J'en avais marre de ses interminables coups de fil quotidiens, et de toutes ses irruptions dans ma vie.

« Un jour, ma petite, me dis-je, il faudra te décider à casser ce chantage affectif. »

— Excuse-moi, ma fille, bredouilla-t-elle.

Puis elle grimpa dans la voiture de Soraya, comme toujours à la place du mort. Depuis qu'elle avait appris cette expression, elle préférait, en bonne mère poule superstitieuse, prendre ce risque plutôt que de le laisser courir à un de ses enfants : « Moi, j'en ai plus pour longtemps... alors c'est pas grave, soufflait-elle avec un air de fin de vie. Je serai peut-être plus là demain matin... » La place de la Maure, l'avait rebaptisée Rachid.

Trop facile de s'excuser à chaque fois !

— Vous pouvez rester, abdiquai-je. Vous ne risquez rien.

Soraya passa sa main sur sa joue et chuchota :

— Elle est re-lou.

J'évitai de croiser le regard de ma génitrice et dis :

— Salut, les filles.

Soraya démarra.

40

Je fis un petit tour du quartier. Une bonne petite marche rythmée par de nombreuses clopes pour essayer de liquider tout le stress emmagasiné en à peine une heure. Espoir illusoire. J'avais simplement baladé mes angoisses comme d'autres font pisser leur chien, et les ramenai à la voiture.

« Ça va pas être du gâteau, ma petite Nassima », me dis-je avant d'allumer ma radio de bord.

— Allô.

— Paul, j'écoute.

— C'est Nassima, passe-moi le patron.

— O.K.

Je peaufinai mentalement mon argumentaire.

— Lepage, j'écoute.

— Benarous...

— Que voulez-vous ?

— Mon frère vient de se faire agresser pour que j'arrête de fouiller dans les affaires d'Euro-Plus.

— Vous avez des preuves tangibles qu'il s'agit bien d'agresseurs en relation avec Euro-Plus ?

— Non. Ils ont simplement conseillé à mon frère que je m'occupe de ce qui me regarde.

— Ils ont laissé leurs cartes de visite ?

— Non, répondis-je, contrainte de me rendre à l'évidence.

— On ne peut donc toujours rien contre Maury.

Trouver vite la faille !

— Si on laisse tomber, tout le monde va penser que nous sommes des ripoux, que Maury nous a achetés.

Je connaissais sa haine pour les flics véreux et pour tous ceux qui s'aplatissaient devant le fric. Un pur et dur, le patron. Malgré ses nombreux défauts, il possédait néanmoins cette croyance — peut-être vaine — aux valeurs de la République. Un indécrottable adepte de la Liberté-Égalité-Fraternité. « *Loyers impayés-Électricité coupée-Fin de droits* », persifla mon double. Le patron n'était pas, lui, hanté par un double qui distillait une dose quotidienne de doute sur son choix professionnel.

Son long silence fleuri de « Hum ! Hum ! » ressemblait à la douce mélodie des machines à sous des bistrots, une musique qui annonçait le gain.

— Il faut continuer l'enquête, finit-il par dire. Pour votre famille, on peut la faire bénéficier d'une protection.

Mon intuition était bonne.

— Ils n'en auront pas besoin.

— Vous venez de me dire que votre frère s'est fait agresser.

— Je préfère que vous me mettiez quelques jours de mise à pied et confiiez la suite de l'enquête à Daniel. N'hésitez surtout pas à dire que j'ai commis une faute professionnelle grave. Chargez-moi. Maury sera très vite au courant et pensera qu'on le lâche. Il laissera tomber les représailles contre ma famille et...

— C'est bon.

— J'aurais besoin de Gauthier, mettez-lui aussi quelques jours de mise à pied. Ça lui fera les pieds...

Ma vanne tomba dans un abîme de silence.

Son menton dans sa main, le patron regrettait sûrement d'avoir accédé à ma demande.

— Cette affaire a commencé il y a à peine plus d'une semaine, me chargea-t-il, et nous avons déjà quatre morts. À ce rythme-là, Batreuil va subir une baisse démographique galopante.

41

Le studio de François était situé près de la place de la Nation. Encombré de meubles Ikéa et de toutes sortes de babioles inutiles. Un tas de CD de musique classique et des vidéos de films enregistrés à la télé. Seules les étagères d'une bibliothèque plus du tout alimentée depuis son bac étaient vides. Plusieurs posters de films tapissaient les murs bleus. Une gigantesque photo de ses parents trônait au-dessus de son lit.

Mon cher collègue broyait du noir.

— Ce n'est pas une idée extraordinaire, bougonna-t-il.

— Arrête de te lamenter.

— Tu t'en fiches, toi ! s'écria-t-il, irrité. Tu es déjà commissaire, TOI.

Ma colère avait enclenché tous ses réacteurs mais je tentai d'annuler le départ.

— Ta famille vit dans le sud, lui expliquai-je le plus calmement possible. Alors que la mienne habite dans la ville... et mon frère est déjà à l'hosto.

— Notre mise à pied ne va rien changer au problème, persista-t-il dans le même registre. Et, en attendant, il y a un blâme inscrit sur notre dossier.

Je préférai coller mon front contre la vitre plutôt que mon poing dans sa gueule.

Des cris fusèrent de l'avenue. La circulation était bloquée pour laisser passer une manif d'environ cinq cents personnes. Des hommes et des femmes excités défilaient derrière une très large banderole « IMMIGRÉS EXPULSÉS FRANCE RETROUVÉE ». Sacré programme. Escortée de crânes rasés en rangers, une camionnette blanche équipée d'un haut-parleur roulait au pas quelques mètres devant le cortège.

Vêtu d'un costume gris avec une écharpe tricolore, un homme hurlait dans un micro :

« Pas de tchador pour Marianne ! »

Les autres vociféraient en chœur derrière lui :

« Libérons la République ! »

François se planta devant moi.

— Et le blâme va rester ? demanda-t-il avec un regard de jeune flic battu.

— Ouais. Si on a pas bouclé l'enquête en deux jours. Plus de temps à perdre ! Fais-moi un café.

Mon mensonge sembla le motiver.

— Je n'ai que du thé, s'excusa-t-il.

— Tu vas chercher du café.

Il ne se décida à descendre en acheter qu'à la vue de mon billet de cinquante francs. Il prépara très gentiment le café et proposa même quelques madeleines. Mais je dus lui répéter trois fois que ma monnaie était restée bloquée dans sa poche.

Ma tasse à la main, je commençai à éplucher mes maigres notes qui faisaient pâle figure à côté des fiches de François. Les méthodes de ce jeune homme de bonne famille risquaient de plaire au patron.

Revenons à Maury. J'avais l'impression qu'un petit détail pouvait démolir son édifice. Nous étions en possession d'un tas d'éléments qui, raccordés les uns aux

190

autres, mouillaient Maury dans les meurtres des Dasilva et de Legoux, et du jeune black. Pourtant pas la moindre ouverture. Excepté celle du trafic de drogue. Seul le cadavre de l'entrepôt de Pantenay aurait permis de fouiller plus en profondeur les entrailles d'Euro-Plus. Nos services pouvaient prouver qu'il s'agissait d'un incendie criminel. Mais Maury aurait eu beau jeu de se draper dans sa dignité et de porter plainte contre X. Impossible donc de lui rentrer dedans par la voie traditionnelle. Trop d'amis haut placés pour le protéger. C'était comme tenter un mat avec une seule pièce...

La brèche, trouver la brèche.

— J'ai terminé un dossier complet sur Maury, m'annonça François. Tiens, jette un coup d'œil sur ce papier d'une revue économique.

Je lus l'article.

— Dis donc, il va fort avec la brosse à reluire, le journaleux.

C'est tout à fait normal : vingt pour cent du capital de ce journal appartient à Maury.

Tandis que François étudiait attentivement ses notes, j'allumais cigarette sur cigarette et faisais les cent pas. Incapable de me concentrer.

— Tu as autre chose sur Maury ?

— Je me suis renseigné pour savoir s'il avait une histoire de mœurs, une maîtresse. Apparemment rien. Marié depuis vingt ans avec la même femme, deux enfants, il a le profil du bon mari et du bon père de famille. Il est président de l'association des parents d'élèves de l'école privée de ses enfants et participe souvent à des initiatives humanitaires genre restaurant du cœur. Il alimente aussi beaucoup un hebdomadaire vendu par les SDF Mais il y a une chose qui m'a frappé...

— Quoi ?

— Regarde ces photos.

J'examinai les photos de Maury extraites du dossier de presse réalisé par François.

— Qu'est-ce qu'elles ont de particulier ?

Il tapa du doigt sur chaque photo.

— Toutes ont été prises dans des cocktails, conférences, etc. À chaque fois, la standardiste apparaît aux côtés de Maury. La femme de celui-ci n'est présente qu'une ou deux fois. Très étonnant tout de même qu'une simple standardiste accompagne un homme aussi important dans tous ses déplacements.

Je l'arrêtai d'un geste de la main.

— Laisse tomber. Aucune loi n'interdit à un dirigeant d'entreprise de s'entourer de la collaboratrice de son choix et même de la baiser de temps en temps s'il le désire.

Un éclair lubrique pointa dans les yeux de François ; il devait effeuiller la standardiste dans un coin de sa tête.

— J'ai fait des recherches, dit-il après l'avoir totalement dévêtue. Cette standardiste se nomme Sylvie Merle. Elle est entrée en 88 comme simple femme de ménage à Euro-Plus. Avant d'échouer à Euro-Plus, elle avait fait un tas de petits boulots rythmé par de longs mois de chômage. Banal. Jusqu'à ce problème survenu le 23 décembre 87, le jour de son dix-huitième anniversaire. Elle rentrait chez ses parents dans le XIe arrondissement lorsque deux punks ont tenté de la violer. Elle avait réussi à s'enfuir à moitié nue et à prévenir un employé de la RATP. Les punks, mineurs à la période des faits, ont été appréhendés et condamnés à de courtes peines de prison. L'un des deux punks est retourné en Algérie, son pays d'origine, tandis que

192

l'autre a été abattu dans un règlement de compte dans la banlieue de Lille.

— Quand ?

— Il y a deux ans... Il était videur dans une boîte.

— Bravo pour toutes ces infos !

Il sourit et avoua du bout des lèvres :

— C'est Josiane qui m'a aidé. Elle a réussi à trouver tout ce qui me manquait en une journée. Elle a même retrouvé le père de Sylvie Merle, un alcoolique qui vit seul. C'est lui qui lui a raconté le viol de sa fille.

Josiane était notre spécialiste ès dossiers. Elle avait raté sa vocation de journaliste car, comme fouille-merde, on n'avait pas trouvé mieux.

— Elle m'a rendu un sacré service, ajouta-t-il, guilleret. En plus, elle m'a invité à une pièce de théâtre. Elle a l'air de s'y connaître en théâtre.

Encore un à son tableau de chasse.

— Tout ce que tu me racontes est très intéressant, François, dis-je, mais toujours rien de concret pour savoir ce que trame Maury et pour le coffrer.

Le front plissé, il but une gorgée de thé et dit :

— Marc Legoux t'a parlé d'une cassette au téléphone.

42

Bruno, un ado blond encore en pyjama à deux heures de l'après-midi, confectionnait un pétard du genre mille-feuille. Il fredonnait avec un large sourire *la vie c'est pas du cadeau* : une chanson de Mano Solo.

— Ma daronne rentre demain, dit-il. Y faut que tu te casses demain matin...

Affalé sur la moquette, Manu leva quelques secondes plus tard son nez de « l'Affiche » et dit :

— O.K.

— C'est pas de ma faute, s'excusa Bruno.

Manu haussa les épaules.

— Je sais.

Manu l'avait croisé dès le premier jour de son retour à Batreuil. Ils ne s'étaient pas revus depuis plus d'une année, un siècle à cet âge-là. Très vite, ils avaient bu des bières, fumé des pétards et discuté. Et volé un scooter pour une virée nocturne à Paris. La visite de la ville-lumière s'acheva très vite par un sandwich grec rue Saint-Denis.

Deux ans auparavant, il était sorti une ou deux semaines avec la sœur aînée de Bruno avant qu'elle ne réussisse son bac et que la fac ne l'éloigne définitivement des lascars du quartier. Elle était retournée vivre avec son père du côté de Montpellier. Tandis que sa sœur bossait dur, Bruno végétait de stages sans fin en fin de stage, plutôt préoccupé par la recherche de sa dose que d'un emploi. Sa mère, une visiteuse médicale un peu alcoolo sur les bords, toujours sur les routes, ne visitait guère l'existence de son fils.

Celui-ci avait proposé à Manu de venir squatter chez lui le temps du déplacement de sa mère dans la région de Lille.

— Tiens, dit Bruno.

Il tira une bouffée de l'énorme pétard qu'il lui avait tendu et lui repassa. Puis il se leva sans un mot pour revenir avec deux canettes d'Amsterdam.

— C'est les dernières.

— C'est pas grave, sourit Bruno. J'ai vachement de thune en ce moment.

Manu but une gorgée, les yeux fixés sur les murs de la chambre. Ils étaient tapissés de posters des joueurs de l'OM et d'affiches de concerts de reggae. Une vague nostalgie le titilla. Deux pâtés de maisons plus loin, il y avait, au cinquième étage d'une tour, sa chambre. Était-elle restée la même depuis son départ ou sa mère avait-elle arraché les traces de son existence et désinfecté à l'eau de Javel ?

— Ta frangine va bien ?

Bruno haussa les épaules.

— Je la vois jamais.

— Qu'est-ce qu'elle fout maintenant ?

— Elle prépare, j'crois, un DEUG d'histoire. Je suis allé la voir à Montpellier... passé quelques jours de vacances chez le daron... mais j'ai failli me friter avec son keum.

— Pourquoi ?

Il secoua la tête et marmonna :

— Un relou d'étudiant ! Une vraie baltringue.

Bruno avait été un élève très brillant jusqu'en troisième, surtout en maths. Et un super joueur de foot. Jusqu'à son premier shoot de came. Depuis, plus aucun but. Cette période avait été précédée d'un dérapage de couple et d'un divorce mal négocié... Un cas assez classique.

— Pourquoi tu me mates comme ça ! s'énerva Bruno.

— Je te mate pas, mentit Manu.

— J'sais pas ce que...

Le téléphone sonna.

Bruno se précipita dans le salon.

Il revint quelques minutes plus tard.

— J'ai un super bon plan héro, Manu ! s'écria-t-il avec un clin d'œil enjoué. Je te fais tourner ?

43

La cave était éclairée d'une lumière tamisée, comme pour une boum d'ados. Plutôt spacieuse avec ses alcôves qui se dessinaient au fond. Deux sacs poubelles vides étaient roulés en boule sur le sol recouvert de tomettes.

Deux bonnes minutes de silence.

Puis un cliquetis dans une serrure.

Une porte très étroite s'ouvrit sur une silhouette en contre-jour. Apparemment un homme, comme pouvait le laisser supposer la largeur de ses épaules et sa démarche. Il s'approcha d'une table dans un coin sombre.

Il se déshabilla très lentement. Plus de doute, il s'agissait bien d'un représentant du sexe masculin. Il se retourna pour terminer de retirer sa chemise...

Apparut alors le visage de Maury barré d'un large sourire vicelard. Ses yeux brillants s'agitaient. Il ne cessait de se dandiner en se frottant les mains. À la manière d'un Chippendale affligé d'un pneu de graisse autour de la ceinture, il ôta son pantalon avec une légère ondulation du corps, retira son slip. Toujours avec le même sourire inamovible. Son front était aussi luisant que la viande qui tourne sur une broche dans les restaus grecs. Plus il remuait et plus son visage dégoulinait de sueur...

Il commença à se branler...

Complètement ahurie, je tentai d'intercepter le regard de François mais il était rivé à l'écran.

— Putain ! C'est pas vrai ! m'écriai-je.

Je me tournai de nouveau vers la télé.

Un spot très puissant éclairait deux cadavres de chiens sur la table.

Haletant, Maury frotta son sexe contre la gueule d'un des chiens. Il se branla en caressant le pelage marron... Puis il positionna le plus gros des deux chiens afin qu'il ait les pattes arrière qui pendaient.

— C'est dégueulasse ! lâcha François.

Maury tourna son visage grimaçant vers la caméra, éclata de rire, et pénétra le chien.

— Arrête-moi cette saloperie, François ! gueulai-je avec une envie de gerber.

Voilà donc la fameuse cassette tant convoitée par les assassins de Dasilva. Planquée dans un boîtier : « Les aventures de Dragon Ball Z ».

Après être passés chez Annie Vaillant décortiquer pour des clopinettes le magnéto en panne de son neveu, nous avions visionné une bonne partie de l'après-midi la plupart des cassettes de l'appartement des Legoux. Une vidéothèque composée surtout de films d'action, de westerns, et de quelques films pornos. Vanessa Legoux nous avait reluqués avec des yeux ronds d'étonnement lorsque nous avions commencé à éplucher les vidéos de ses deux gamines.

— On le tient ! clama François qui, visiblement, avait évacué son dégoût plus rapidement que moi.

Choquée, je restai un bon moment en équilibre sur ma clope. Incapable de prononcer le moindre mot. Abrutie, je me contentai d'avaler de la fumée et de la recracher. Croisant le regard de François surpris mais pas mécontent de me saisir en plein doute, je me dis machinalement : « Nassima, reprends du poil de la bête... Il le faut... » Ce fut mon dégoût qui reprit du... Et je me promis de ne plus jamais employer cette expression.

Pendant ce temps, mon collègue dynamique rembobinait la cassette en rêvant de sa première arrestation.

— Dasilva et Legoux vendaient de la came pour lui, dit-il après s'être tourné vers un commissaire sur orbite, ce qui explique leur niveau de vie. Et ils ont dû sans doute essayer, en plus, de le faire chanter.

Je hochai la tête et murmurai :

— Si tu le dis...

Il sortit la cassette du magnétoscope et la rangea dans son boîtier.

— Va-t'en !

— J'ai décroché.

— Tu mens !

— Puisque je te le dis.

— Arrête ! Tes éducateurs sont venus y a deux jours...

— Qu'est-ce que tu dis ?

— Fais pas l'innocent. C'est eux qui s'occupaient de toi dans un centre de désintoxication... dans le Lot. Tu t'es encore barré comme à chaque fois...

— C'est pas des éducateurs ! C'est des types qui m'ont enlevé de force ! Ils ont même buté un mec...

— Tu mens comme à chaque fois...

— Maman, t'as encore trop picolé...

— C'est pas vrai c'que tu racontes, bredouilla-t-elle, totalement ivre. Pas vrai...

Elle ajouta après une violente quinte de toux :

— Et puis qu'est-ce que ça peut te foutre que je picole !

— Calme-toi, maman.

— À chaque fois que t'es allé dans un centre, tu te tires et tu viens me raconter n'importe quoi... et tu replonges...

Il s'épaula à la porte.

Les recommandations de Gérard paraissaient maintenant dérisoires. Seulement des mots. Inutiles, depuis qu'il avait posé le pied sur les trottoirs de Batreuil.

— Écoute-moi, au moins.

— Dégage !

Il entendit le frottement de ses vieilles chaussures qui lui servaient de chaussons. Pendant des années, il avait haï ce bruit qui rythmait, jour et nuit, l'appartement.

— Attends, maman ! Te barre pas... Laisse-moi au moins prendre une douche.

— NON !

Le voisin de palier entrouvrit sa porte.

— Qu'est-ce que tu veux, toi ! lui balança Manu, rouge de colère. Ferme ta lourde ou je t'en colle une !

En entendant de nouveau le frottement, il esquissa un sourire.

— Arrête de nous emmerder, dit-elle tandis que le voisin se barricadait.

— Mais, maman... laisse-moi t'expliquer. J'ai vraiment décroché. Je te jure...

— T'es un bon à rien... et tu seras toujours un bon à rien.

— Pourquoi tu dis ça !

Il essaya de la convaincre en reconnaissant d'une voix mal assurée ses torts. Et il promit, promit... Puis il se mit tout à coup à boxer la porte et pousser des cris.

En vain.

Après s'être enfilé un coup de rouge au goulot, elle s'était accoudée au rebord de la fenêtre qui donne sur la cour intérieure pour fumer des clopes. Elle attendait comme à chaque fois qu'il reparte.

Et il se retrouva au pied de la tour.

Il traîna dans la cité quasi déserte. 10 h. L'heure où

ceux qui trimaient étaient déjà partis. Et tous les autres commençaient leur ronde sans fin dans leur appart.

Après un énième coup d'œil à la fenêtre de sa chambre, il marcha encore un peu. S'arrêta devant l'un des trois squares de la cité : une maigre pelouse agrémentée d'un nouveau toboggan aux couleurs criardes.

Les mains sur le grillage, il regarda les bancs autour du bac à sable. Songea avec un vague regret aux milliers d'heures où ses fesses y avaient été collées...

Et les recolla.

45

« Euro-Plus, bonjour ! »
La standardiste était fidèle à son poste.
— Je voudrais parler à Maury.
— Monsieur Maury, rectifia-t-elle. De la part de qui ?
— Commissaire Benarous...
Silence.
— Ne quittez pas... bredouilla-t-elle.
Après un large dépassement de la dose prescrite de Vivaldi dans les oreilles, Maury finit par se décider :
— Commissaire Benarous ?
— Ex-Commissaire.
— Que me voulez-vous encore ? se fâcha-t-il, tel l'honnête chef d'entreprise dérangé par un délégué syndical. Vous n'êtes plus sur cette affaire et je n'ai...
— Vous êtes bien renseigné.
— Mais qu'est-ce que vous cherchez ! Ça suffit !
— C'est plutôt vous qui cherchez quelque chose, ricanai-je. La cassette est très intéressante...
— Quelle cassette ?
— Écoutez vous-même.
« ... Je suis Arthur Dasilva... Euh ! Euh ! Cette cas-

sette est un enregistrement fait dans la maison de campagne de Maury le 19 juin... »

— J'ai aussi l'image si vous voulez, ajoutai-je. Pas mal comme petit intérieur... mais vous deviez avoir un peu froid parmi tous ces cadavres de chiens...

— ...

Vite un SAMU pour notre grand PDG qui s'étouffait avec la souris de son ordinateur !

— Coucou, Maury, dis-je, vous êtes là ?

— Qu'est-ce que vous voulez ?

— Bonne question. Vous n'êtes pas sans savoir que j'ai été dessaisie de cette affaire... et maintenant je me sens en congé. Disons que je me suis mise à mon compte. Je...

— Combien ?

Je toussotai.

— Quatre millions de francs.

— C'est pas possible !

— C'est rien. Votre petite affaire est juteuse. La came se vend bien de nos jours. En plus la moitié de ces 4 MF reviendra à mon jeune collègue qui s'est mis aussi à son compte et aime bien les belles bagnoles. Chacun son truc, n'est-ce pas ?

— Et si je refuse !

— Vous allez alors être bientôt très célèbre... Vous pouvez faire confiance aux journalistes. Je rappelle dans une demi-heure.

Je raccrochai.

— Ça ne va pas marcher, lâcha François.

— Je te dis qu'il va accepter... et on aura plus qu'à le cueillir.

— Il ne croira pas qu'on soit devenus des flics marrons.

— Il n'a pas le choix, dis-je.

J'ouvris la porte vitrée. J'arrachai une petite branche

de thuya et la mâchouillai un instant. Avant de me précipiter sous la pluie vers la guérite au fond du jardin
potager.

Daniel nous avait proposé son petit home pour
prendre du recul. Mieux que chez François. J'avais
l'impression d'être un peu en vacances dans cette
bicoque. Le seul truc emmerdant était les chiottes
dehors.

débits.

46

Assis à son bureau depuis plusieurs heures, il retira
ses lunettes et massa doucement ses tempes. Son pouce
appuyé tour à tour sur chaque narine, il expira avec
des à-coups violents par le nez plusieurs fois. Puis il
composa un numéro de téléphone, ses yeux posés sur
le mouvement des vagues vertes et rouges de son
écran. Tandis que l'imprimante laser débitait ses
feuilles avec un imperceptible bruit de soufflerie.

Il bâilla et referma le bouchon de son stylo-plume. Il
sourit, satisfait d'avoir rempli plusieurs pages de son
cahier et d'imprimer le texte de sa prochaine conférence.

« Nous recherchons votre correspondant... Ne quittez
pas, nous recherchons votre correspondant... »

Il poussa un soupir d'impatience.

— Allô ! Allô ! finit par répondre une voix envelop-
pée de friture, une voix apparemment féminine.

— Allô, c'est moi. Je t'entends très mal...

Un grésillement mêlé à des bruits de voitures.

— Je suis sur le périph... Tu as eu mon message ?

— Parle plus fort !

— Tu as eu mon message ?

— Ouais !

— Les flics ont rappelé au siège d'Euro...

Il donna un coup sec sur la barre d'espacement pour faire réapparaître son texte sur l'écran.

— Quand ?

— En fin de journée.

Il hocha la tête, l'air soucieux.

— Qu'est-ce qu'ils voulaient ?

— Ils ont découvert la cassette planquée par Dasilva. C'est la commissaire Benarous et l'autre naïf... Ils ont fait croire à Maury qu'ils bossaient pour eux maintenant... et qu'ils voulaient quatre millions de francs pour se taire.

— Et Maury ?

— Tu le connais... Il a craqué.

— Comment ça ?

— Il a une énorme trouille.

— Personne n'est au courant, à part toi.

— Non. Maury veut savoir ce qu'il doit faire.

— Parfait.

— Qu'est-ce qu'on fait maintenant ?

— On accélère simplement ce qui avait été prévu depuis les problèmes de Dasilva et Legoux... et on fait notre dernière opération le 28 comme prévu.

La femme toussota au bout du fil.

— On devrait l'annuler.

— Ah ! non ! s'écria-t-il.

— Ben pourquoi ?

— Elle est prévue depuis longtemps et nous ne devons en aucune manière interrompre notre planification d'ensemble, affirma-t-il sur un ton professoral.

La communication semblait coupée.

— Allô, Luc ! Tu m'entends ?

— Ouais.

— C'est risqué...

— On ne craint absolument rien. Et en plus, le

convoyage a déjà été organisé. Et à Tours, ils attendent.

— D'accord, Luc, aquiesça-t-elle.

— T'en fais pas ma p'tite puce, la rassura-t-il. Tout ira très bien. Je t'assure que nous travaillerons différemment dans les prochains mois. C'est bientôt fini...

Après lui avoir susurré quelques mots doux et promit un week-end en amoureux, il raccrocha et reprit studieusement sa page d'écriture.

« Notre organisation vient de fêter ses trois ans. C'est une réussite totale. Et maintenant, elle n'a plus besoin d'intermédiaire pour s'implanter. Plus besoin d'une aide extérieure. Elle peut voler de ses propres ailes.

Nous pouvons à l'heure d'aujourd'hui ralentir nos opérations sur les villes et... »

Il leva le nez et contempla la carte d'Europe au-dessus de son bureau.

Nous commençons vraiment à nous étendre, songea-t-il après avoir comptabilisé sur la carte les points d'ancrage du réseau ainsi que les lieux de vente. Les équipes formées avec une grande rigueur devenaient de plus en plus efficaces.

Notre influence est désormais incontournable, se réjouit-il. Il ouvrit une barquette posée sur son bureau et grignota un fruit sec. Il caressa sa moustache tandis qu'un sourire plissait ses lèvres. Il était persuadé que plus personne ne pourrait les arrêter.

Les derniers événements survenus et l'acte qu'il avait dû avancer de deux semaines vinrent assombrir son enthousiasme. Sortir du plan qu'il avait élaboré point par point depuis de longues années lui déplaisait.

Il pianota aussitôt sur son ordinateur. Le chiffre d'affaires des six derniers mois et les graphiques de prospective lui remirent du baume au cœur et effacèrent les impondérables qu'une telle entreprise générait.

Il pensa avec un sourire satisfait au chemin accompli depuis son éviction de Rennes.

Manu ouvrit en grand la poche de son blouson. « Il faut y aller maintenant », se dit-il après avoir tiré une dernière taffe de sa cigarette.

Il remonta la rue piétonne sur une trentaine de mètres avant de tourner à droite. Une ruelle qui donnait sur un escalier. Il s'arrêta et jeta un rapide coup d'œil. Seulement un vieux, le nez collé à la vitre de son appart.

Assoupi derrière sa caisse, un Arabe bedonnant se redressa au signal sonore qui annonçait l'entrée d'un client. D'un geste machinal, il vérifia la présence de sa moustache avant de saluer Manu.

— Bonjour, marmonna Manu.

Il se dirigea vers les surgelés. Il savait que le type se détendrait s'il constatait que son jeune client ne se ruait pas d'emblée sur les bouteilles de whisky.

Il déposa des glaces et un camembert à côté de la caisse, un sourire crispé aux lèvres.

— Trente-cinq francs, annonça l'épicier.

— Je veux ton fric ! gueula Manu, un 11.43 à la main.

Le sourire de l'épicier s'éteignit aussitôt comme si FO avait fomenté une grève sauvage à EDF.

— Y faut pas...

— Ta gueule ! Et file-moi le fric !

L'homme essaya de temporiser mais le canon gagna le bras de fer et il ouvrit sa caisse.

— Speed ! gueula Manu en agitant son flingue.

Le front qui dégoulinait de sueur et le cœur au régime maximum, Manu s'empara d'une poignée de billets qu'il fourra dans sa poche.

— Allonge-toi !

L'épicier regardait Manu droit dans les yeux sans le moindre signe de peur.

— Arrête ça... le gosse.

— J't'ai dit de t'allonger ! hurla à nouveau Manu, le flingue braqué dans sa main tremblante.

48

« Je dois en finir.

Depuis que je me suis laisser aller à mes pulsions, mon existence s'est transformée... pourrie. J'ai délaissé ma femme, mes enfants, mon entreprise... Tout a périclité. Et j'ai même plongé dans le trafic de drogue pour finir par trois meurtres. J'ai tout raté. TOUT.

Il n'y a rien d'autre à ajouter. Ma vie est gâchée.

Je préfère mettre moi-même fin à cet enfer... »

Je ne relus pas la lettre jusqu'au bout et la reposai. Nous l'avions retrouvée sur l'imprimante du portable de Maury, dans son bureau.

Sa dernière lettre avant de démissionner du monde des vivants était plutôt fadasse. Pas un grand poète, Maury. Sur papier à en-tête de son entreprise. Comme un banal courrier administratif pour interrompre une ligne téléphonique ou un prêt.

— C'est mieux comme ça, lâcha François.

— Mieux que quoi ?

Il ne répondit pas.

Le corps calciné de Maury découvert à l'intérieur de sa bagnole au pied d'une falaise normande bouclait l'enquête. Terminus. Tout le monde descend.

Dernier acte : une Mercedes 500 en vol plané sur deux cents mètres et qui se muait en compression d'Arman totalement cramée à l'arrivée.

Les interrogatoires de sa femme et de son frère nous apprirent que Maury était dans un état dépressif depuis de longues années. Il était d'ailleurs sous antidépresseur et avait fait de très nombreux stages en cliniques psychiatriques.

« Il fut même question de le mettre sous curatelle », m'avait confié sa femme larmoyante, une belle bourgeoise à mi-chemin d'une héroïne de Dallas et de Laure Adler, manucurée de près... « Et limée de près par le kiné », pouffa mon double qui ne ratait jamais une occasion de cracher sur les nantis. Effondrée dans un canapé long comme une piste de triple saut, la veuve Maury était entourée d'une flopée de notables, même le beau-père ex-ministre et sénateur s'était déplacé. Rarement vu une telle tribu d'énarques, polytechniciens, chirurgiens... Sans oublier l'inévitable original de la famille qu'on avait collé à l'écart sous une toile étrange, certainement une de ses œuvres.

Le médecin de Maury, un type qui ressemblait comme deux gouttes d'alcool à Philippe Léotard, nous avoua avoir toujours pensé que son honorable client finirait par se suicider. Le seul au courant des pratiques nécro-zoophiliques de Maury. Le secret médical n'est pas toujours jeté aux chiens...

Maury avait pris la peine de nous éclairer sur ses activités dans une note jointe à sa dernière lettre. Le trafic de drogue s'effectuait alors que Dasilva et Legoux servaient de garde du corps : accompagnateur rapproché, selon la terminologie de Maury. Avant le décollage de l'avion, ils plaçaient la came dans les bagages de la VIP dont ils devaient assurer la protection pour son voyage en France. Les douaniers emmerdaient toujours moins une star ou une personnalité politique qu'une famille d'immigrés revenue de vacances. À l'arrivée, un chauffeur d'Euro-Plus attendait sagement dans une Safrane garée sur le parking de l'aéroport. Une couverture efficace.

Dasilva avait réussi à créer un maillage de dealers sur Batreuil et d'autres villes de la banlieue est. Il recrutait parmi la population de squatters des immeubles de Maury. De temps en temps, il enlevait et faisait disparaître un de ses vendeurs récalcitrants, histoire de maintenir l'ordre dans son équipe. Malgré le paquet de fric qu'ils empochaient, Dasilva et Legoux en voulaient toujours plus. Ils avaient décidé de prendre le contrôle de tout le trafic en faisant chanter Maury avec la cassette. Il les fit abattre et installa à leur place les frères Mehadig recrutés par Dasilva : deux clandestins tunisiens retournés dans le maquis dès la mort de leur patron.

Le siège d'Euro-Plus se transforma en un immense navire sans capitaine... Nous campâmes une journée entière à bord. Après les premiers interrogatoires, le personnel avait été mis hors de cause. Dasilva, Legoux, et leur patron, paraissaient être les seuls de l'entreprise à tremper dans le trafic.

De toute façon, Maury avait dans sa volonté expiatoire balancé des noms, des points de rencontre, et des caches situées surtout dans le sud de la France et en Belgique, caches où étaient entreposées entre autres des milliers de pilules du bonheur. Les dealers étaient essentiellement des squatters et des clandestins, souvent ils cumulaient les deux. Ne restait plus qu'à les pêcher.

La brigade des Stups jubilait. Une véritable aubaine pour elle. Nous avions fait tout le boulot... et à elle de recevoir les félicitations du Très Grand Patron. Sans le

214

moindre remerciement pour notre équipe, elle s'attela sans perdre de temps au démantèlement du trafic d'extas managé par Maury.

Et je repris sans tarder le rythme tranquille des foulées de ma chère main courante...

Allongé sur le lit, Manu comptait la liasse de billets.
Il n'irait pas loin. Après avoir payé sa bouffe et ses
jours d'hôtel, il ne lui resterait que trois cent cinquante
balles.

Quelques jours de répit avant un nouveau braquage.
Avec son imitation de 11.43.

Il savait que, derrière les murs de l'hôtel, les squats et
certains bars tenderaient leurs bras pleins de cargaisons
de came. Jamais il ne résisterait s'il circulait en ville.

Jamais.

La seule solution : quitter cette ville et ne plus y
refoutre les pieds.

« Mais où j'vais aller ! », s'écria-t-il comme s'il
s'adressait à un éducateur invisible.

Et dans cinq jours, il fêterait ses dix-sept ans. Cet
âge qu'il aimerait plein de sérieux.

Il ouvrit une Amsterdam et en vida la moitié.

Grâce aux huit mois passés loin de Batreuil, il avait
réussi la prouesse de ne rien mendier à son dealer et
de refuser les nombreux plans came proposés par
Bruno. Il s'était anesthésié à grands coups d'alcool.

Il s'était planqué durant six jours dans une cave de la
cité de sa mère. Fodié, le jeune frère d'un de ses potes

mort en montant sur un gros braquos, lui avait ramené à bouffer. De la bonne bouffe, mais un peu trop épicée à son goût. Il aurait préféré se taper un truc de sa mère... à lui.

Dans cette cave, il avait eu tout le temps d'observer son jeune hôte qui fréquentait plus les fondations de son immeuble que son école. Assis en tailleur sur un vieux fauteuil, Fodié, un sourire malin collé aux lèvres, le considérait comme un modèle : le grand qui fume de l'herbe, baise, boit, et se défonce. Fier de pouvoir sortir de la galère un lascar de la téci. Des yeux de ce gosse était remonté un seau d'émotions de sa propre enfance, enfance presque intacte malgré toute la pourriture qu'il y avait déversée. Et il avait eu une irrépressible envie de chialer.

Comme Fodié qui le bouffait des yeux, il avait rêvé d'appartenir à cette race supérieure d'êtres qui bravait les darons, les instits, les profs, les schmits. **Rien à perdre.** Tout était perdu d'avance, il fallait juste le prouver. Orgueil de gosses de pauvres qui pensaient trouver, dans le malheur 1re classe, le seul refuge à la médiocrité et à la servilité de leurs géniteurs. Révolte épidermique. Mirage de liberté. Plutôt crever que de vivre en apnée jusqu'au vendredi soir, jusqu'à Noël, jusqu'aux vacances.

Se bousiller... et bousiller la réalité.

« Barre-toi d'ici ! », avait-il gueulé à ce gosse de neuf ans en extase devant lui. Fodié l'avait dévisagé un instant avec un sourire incrédule avant de protester : « Pourquoi tu me jettes, Manu ? J't'ai pas fait d'embrouilles, moi. »

Ce fut Manu qui se barra à toutes jambes. Profitant d'un ultime coup de jus de sa raison en miettes, il avait abandonné la cave aménagée douillettement par Fodié. Et fuit, fuit la cité minée de ses premiers... mauvais pas.

Quitter pour toujours cette ville.

50

Une semaine plus tard...

— Allô, Nassima, c'est François.

— Ouais.

— J'ai du nouveau.

— Sur quoi ?

— Je... je... bégaya-t-il, je suis en train de suivre Sylvie Merle. Elle vient de sortir en coup de vent de chez elle et a grimpé dans sa bagnole.

— Qui a pris l'initiative de la filer ? gueulai-je.

Un long silence.

— C'est moi, avoua-t-il, penaud.

Si je l'avais eu devant moi, je l'aurais étranglé ! Pour qui se prenait-il de relancer une enquête bouclée ? Il rigolera moins quand il se tapera le patron.

— Cette enquête est terminée, beuglai-je, compris ?

— J'avais pensé que...

— Tu n'as pas à penser ! Ton tuyau sur Sylvie Merle ne tenait pas la route, et tu le sais bien. On l'a déjà cuisinée...

— Je...

— En plus, tu crois que les Stups vont te laisser marcher sur leurs plates-bandes !

— Mais...

— Tu la lâches et tu rentres.

S'il voulait se taper Sylvie Merle, c'était hors des heures de bureau et pas avec l'essence payée, par le contribuable.

— Attends, Nassima...

— Je ne veux rien entendre !

— Attends une petite seconde !

— Tu te ramènes illico !

— Elle vient de prendre Coste et un autre type dans sa voiture.

— Luc Sablanc, âgé de cinquante-sept ans, né à Grenoble, était ingénieur agronome, commença à m'expliquer Josiane assise sur le bureau de François.

— Pourquoi était ?

Elle ramena sa crinière blonde en arrière.

— Il avait été aussi chercheur à l'INRA de Rennes avant d'être vidé, il y a une quinzaine d'années pour des dérives extrémistes. Il faisait partie de « Luna » : une secte basée sur l'écologie extrême et le millénarisme. Une secte avec des bargeots qui vénèrent la terre... tu vois le genre. Elle a été dissoute depuis. C'était un chercheur brillant qui avait mené parallèlement des études de psychologie et d'histoire des religions. S'il n'avait pas disjoncté, il aurait pu, d'après ses ex-collègues et l'actuel directeur de l'INRA de Rennes, devenir sans aucun doute une des têtes pensantes de l'agronomie mondiale. Il a sombré dans l'alcoolisme et a dû faire plusieurs cures de désintoxications.

J'allumai une cigarette.

— Et depuis son vidage ?

Elle jeta un rapide coup d'œil sur ses notes.

— Perdu de vue pendant plusieurs années avant de monter une ferme bio en Touraine à la fin des années

80 et continuer en solo ses recherches... Il a également participé à la création de magazines sur la nouvelle agriculture et à des canards du genre ésotérique. Un nouveau trou de deux ans, puis il remonte à la surface en fondant l'association Bio-Développement, association qui gère d'ailleurs l'un des supermarchés bio de Batreuil.

— Et comment vit notre homme ?

— Célibataire endurci...

Je souris.

— Quelles sont ses activités ?

— D'après mes infos, répondit-elle en triturant son collier, il passe son temps à sillonner l'Europe et faire des conférences... Un érudit que les universités s'arrachent. Surtout aux États-Unis. On a oublié son passé à la secte... Mais apparemment, sa notoriété internationale ne lui est pas montée à la tête : il vit dans un modeste petit appartement à Batreuil. Pas de grand luxe, excepté une maison en Mayenne.

— Une espèce d'Albert Jacquard, ironisai-je.

— Ouais, aquiesça-t-elle.

Elle sortit un petit miroir de son sac et se recolla une couche de rouge à lèvres.

— Un lien avec Euro-Plus... et avec Maury ?

— Non.

Je soupirai.

François avait eu effectivement raison de prendre l'initiative de filer Sylvie Merle. Grâce à lui, l'enquête rebondissait. Mais pas mes neurones.

— J'ai du mal à comprendre ce que ce type vient foutre dans cette histoire de came, fit Josiane.

Et moi donc !

52

La porte de Sablanc résista deux minutes et trente secondes à la dextérité de Daniel.

Et nous avions tout notre temps pour notre perquise clandestine. Après un long déjeuner dans un restau végétarien, Sylvie Merle avait raccompagné notre professeur Tournesol jusqu'à chez lui, déposé ensuite un baiser furtif sur les lèvres de Coste avant de le laisser devant son immeuble, puis elle était revenue prendre Sablanc qui l'attendait avec un sac de voyage. Direction un week-end au vert, apparemment dans la petite retraite du prof. Et avec une escorte discrète de deux de nos hommes, au cas où il tenterait de lui faire le coup de la panne.

Laissons nos amoureux...

J'appuyai sur l'interrupteur et découvris un petit appartement bourré à craquer. Comment pouvait-on respirer avec tous ces objets ? Même l'antre de Bob qui ramassait tout ce qu'il trouvait dans la rue n'était pas aussi encombré.

— Quel bordel ! s'exclama Daniel.

La bibliothèque du prof regorgeait de manuels sur l'agriculture biologique, l'écologie, les médecines douces, les remèdes pour se désintoxiquer des drogues dures et de l'alcool, un tas d'essais ésotériques aussi incompréhensibles pour moi que les cours de la bourse dans *Libé*.

Il y avait aussi toutes les revues auxquelles Sablanc avait apporté sa contribution, sa soutenance de thèse à l'INRA de Grenoble en 1967 « Agriculture et Société moderne », et plusieurs essais publiés pour les plus anciens à compte d'auteur et les plus récents sous la jaquette Bio-Développement. Des trucs très techniques allant des différentes manières de travailler la terre jusqu'à des textes sur la psycho-sociologie extraits de ses conférences, en passant par des manuels de remise en forme. Un bricolage mystico-écolo. Son charabia me prit vite la tête.

Je feuilletai alors en guise de Doliprane un recueil de poèmes d'un poète inconnu, même au bataillon des poètes inconnus. Un type qui avait longtemps hésité entre se tuer ou se suicider. Pas une page sans le mot « malheur » ou « mort »

Le grognement de Daniel m'indiqua que je n'étais pas là pour élargir ma culture personnelle.

Je reposai le bouquin et m'installai sur un fauteuil. Au-dessus du bureau de Sablanc s'étalait une carte de l'Europe, ponctuée en plusieurs endroits d'autocollant représentant le logo de Bio-Développement. Il s'agissait de fermes biologiques. Une douzaine en Belgique. Seulement trois en France : Lot, Beauce et Touraine.

— Une sacrée boîte, remarquai-je.

— Tu m'étonnes, aquiesça Daniel.

Je fouillai tous les tiroirs en prenant soin de ne pas trop foutre le bordel dans le souk déjà existant.

Opération d'enlèvement de déchéants le 28/11/94 au squat de la porte de Batreuil.

Je notai la date inscrite sur l'agenda aussi épais qu'un sandwhich grec.

— On est le combien ?

— Le 26, me répondit Daniel.

En me baladant en arrière dans son agenda truffé de dates de conférences en Europe, en Amérique du Sud et au Québec, je trouvai de nombreux rendez-vous identiques qui concernaient des squats sur Batreuil, dans le XXe arrondissement, et dans d'autres villes de la banlieue est.

J'allumai une cigarette avant de me plonger dans un tas de papelards regorgeant d'infos.

Le disque dur de son ordinateur visité par Daniel dévoila des choses encore plus croustillantes, notamment d'importants virements de la société Euro-Plus sur un compte en Belgique qui, peu de temps après, les rebalançait au profit de Bio-Développement. La trésorerie était tenue très à jour. J'épluchai son chiffre d'affaires qui aurait fait pâlir d'envie le directeur financier d'Auchan. Cette petite structure, à l'apparence artisanale, était en réalité une véritable entreprise internationale qui générait des gains colossaux. Elle exportait dans le monde entier les produits fabriqués par ses différentes fermes européennes. Même au fin fond du Québec, les gens bouffaient « Bio-Développement ». Mac Do allait perdre des clients...

La liste de personnalités qui parrainaient Bio-Développement était un micro Who's Who. Des hommes politiques de tous bords et au bord de tout, des stars du petit écran, des sportifs, des chercheurs, des intellectuels, des comédiens... Français, Belges, Anglais, Autrichiens, Canadiens... La plupart de ces groupies de Bio-Développement étaient connus pour avoir apporté leur soutien à des associations caritatives, antiracistes,

224

humanitaires. Je compris comment Sablanc avait obtenu que son association soit déclarée d'intérêt public et puisse bénéficier de nombreuses subventions. Les deux plus importantes dotations provenaient du ministère de l'Agriculture et de l'Environnement.

— Regarde ça, dit Daniel.

Après l'apparition du logo BD en bleu ciel sur l'écran, l'organigramme détaillé de Bio-Développement s'afficha avec un beau dégradé de couleurs. Sablanc était président de l'association. Tandis que Coste occupait le poste de gérant et Sylvie Merle celui de responsable du personnel du supermarché. Quelques personnalités connues faisaient aussi partie du staff.

Ce banal supermarché pour amateurs de bonnes salades, lait de soja, de pâté végétal, abritait donc la base avancée d'une bande d'illuminés : des mercenaires d'une vie saine.

Une autre petite clope qu'ils n'auront pas... et je repris ma lecture très instructive.

De l'ancienne école, Sablanc ne devait pas accorder une grande confiance à l'informatique car il avait bourré de notes une brouette de cahiers. Un foisonnement d'aphorismes mêlés de phraséologie pompeuse. Du texte en vrac. Si le patron de Bercy nous concoctait un impôt sur la note, notre théoricien aurait fait partie des grandes fortunes.

« Il faut s'engager sur la route de l'harmonie, celle qui nous rapproche du cosmos... »

« Chaque pollution que nous infligeons à notre corps ou à notre planète nous empêche de vivre en harmonie. »

Je laissai rapidement tomber son délire philosopho-écolo et m'attaquai à un autre cahier.

« *Bientôt nos villes seront nettoyées de leurs squatters, alcooliques et des drogués. Nos banlieues seront sevrées de ces êtres s'enfonçant dans la déchéance. Depuis trop longtemps, tous les gouvernants successifs ont laissé la planète tout entière devenir une vaste décharge.*

Il faut réagir avant que cela soit trop tard !

Tous ces êtres plus proches de l'animal sauvage que de l'homme qui stagnent comme une eau croupie dans nos villes seront employés dans nos centres bio, et ainsi leur déchéance cessera. Ils redeviendront de vrais humains et travailleront avec nous pour la construction d'une Europe décontaminée, dépolluée, une Europe libre. Grâce à leur contribution, chacun d'entre nous pourra manger des aliments entièrement naturels... et se rapprocher de la source de la vraie vie. Ils seront aux avant-postes de la renaissance d'une nouvelle société respectant son environnement.

Un jour, tous ces égarés de la société de consommation nous remercieront de les avoir enlevés à leur empoisonnement...

Bientôt, l'opinion prendra conscience du bien-fondé de notre action. Et ce jour-là nous pourrons tous vivre en harmonie avec le cosmos, dans un monde sans pollution, sans alcooliques, sans fumeurs, sans drogués, sans perversion.

Un monde sain. »

« Sacré programme, m'sieur Sablanc », pensai-je en refermant son cahier fleuve.

53

— Tu reconnais ces gens-là ?

Apparemment peu étonné de nous revoir, notre squatter jeta aussitôt un rapide coup d'œil sur les photos de Coste, de Merle et de Sablanc.

— Non.

— Tu es sûr ? insistai-je.

— Puisque j't'le dis !

— Je voulais juste t'informer qu'il y avait bientôt un autre enlèvement prévu dans ton squat.

Il haussa les épaules.

— Qu'est-ce que tu veux que ça me foute ?

— Évite de te retrouver ici la nuit prochaine, lui conseillai-je avec un sourire cynique.

— Je...

— Quoi ? demandai-je.

— Y a un pote qui s'était fait embarquer par les mecs de la bagnole y a huit mois, il est remonté à Batreuil.

— Remonté d'où.

— Du sud...

— Où est-il ?

— Il a trop la trouille de rester ici, il zone du côté de la galerie marchande...

— Son nom ?

Il n'hésita pas à balancer :

— Manu.

— Ce Manu, demandai-je après un instant de réflexion, c'est Emmanuel Potier, le tox de la cité du nord ?

— Ouais, aquiesça-t-il. Mais j'crois qu'il s'est cassé y a deux jours de Batreuil.

54

Je me garai trois heures plus tard devant l'hôtel de la Place.

Cet hôtel meublé appartenait au gros Bernard, autrement dit Boualem Djiddi. Il possédait aussi le bistrot contigu, un boui-boui survivant grâce aux élèves de l'école privée d'enseignement audiovisuel qui venaient y dépenser l'argent de leurs parents chaque midi. Il s'agissait d'un vieil immeuble ZA Cqué où vivaient des immigrés, pour la plupart en retraite, des vieux qui repoussaient chaque année le moment de repartir au bled. Généralement, ils quittaient l'hôtel dans une boîte en bois : après une réunion au bistrot pour ramasser l'argent du convoyage.

Mais y logeaient aussi des types en vadrouille payant à la semaine.

Je poussai la porte et repérai aussitôt Manu assis un peu à l'écart, *le Parisien* à la main. Impeccable pour moi, mais très mauvais pour le suspense.

— Il est bon, ton horoscope aujourd'hui ? lui demandai-je.

Il me gratifia d'un œil peu amène tandis que je m'asseyais en face de lui.

— Qu'est-ce que tu me veux ?

Je souris.

— Je voudrais juste que tu me racontes dans le détail ton petit voyage dans le sud.

— On a le droit de partir en vacances, ricana-t-il. Ou c'est seulement autorisé aux fonctionnaires.

Il termina sa bière et fit un signe au barman pour être ravitaillé d'urgence.

— J'ai pas de temps à perdre ! grognai-je, et je lui collai sous le nez les mêmes photos que pour son ex-collègue de squat. Tu reconnais quelqu'un là-dessus ?

Il ne répondit pas.

— Tu reconnais ces braves gens ? radotai-je.

— Non.

Je le fixai d'un air grave.

— Par contre, eux, pourraient te reconnaître, ironisai-je en pianotant sur le guéridon, si on les aidait un peu. Ils seraient particulièrement heureux de te retrouver.

Puis je le laissai mariner une petite minute en traînant mon regard dans le bistrot. Le patron nettoyait des verres, pas du tout rassuré par la présence d'officiers de police dans son établissement. Deux vieux immigrés accoudés au comptoir buvaient sans un mot leurs Ricard.

Mon père était peut-être au même moment que moi dans un bar de ce genre-là. Au comptoir, une casquette sur la tête, semblable à celle qu'il avait oubliée vingt-cinq ans plus tôt. Il sirotait, lui aussi, un verre dans un bistrot où l'exil flottait comme les glaçons dans les p'tits jaunes des deux vieux... Parfois, lorsque je croisais un vieux Kabyle dans la rue, j'imaginais voir mon père. Voilà pourquoi j'évitais de fréquenter les endroits avec beaucoup de vieux immigrés. À cause de ces espoirs naïfs. Stupides.

Mon regard se posa à nouveau sur Manu.

— Alors ! dis-je.

Il se contenta de détailler le fond de son verre désespérément vide. « Encore un paumé qui remplit son verre pour ne plus vivre vide », philosophai-je en occultant mes mousses de fin de journée chez « DAN ET MOUSS ».

— Tu m'en remets une autre, Bernard ! dit-il avant de s'allumer une clope.

55

Le vent soufflait fort cette nuit-là... « Tu te crois dans un roman ou quoi », persifla mon double : un boulimique de la poésie minimaliste.

Les travaux de réfection de la chaussée sur la porte de Batreuil obligeaient les automobilistes à rouler lentement. Une demi-douzaine de types traînaient sur l'allée bordée d'arbres qui longeait le périph : des SDF accrochés à leurs sacs plastique comme à la mallette qui contenait les codes nucléaires. Beaucoup passaient la nuit ici, dans des sacs de couchage, leurs rêves rythmés par le concert permanent et gratuit du périph.

Une 205 se gara pas loin du squat.

— Tout le monde en place, dis-je au micro de la bagnole.

Je me tordis le cou pour essayer d'identifier les locataires du véhicule.

Les deux occupants de la 205 papotèrent pendant un bon quart d'heure avant que l'un d'eux ne descende et ne rentre dans un immeuble neuf. Le conducteur attacha scrupuleusement sa ceinture et démarra.

Une heure plus tard : toujours rien.

Assis à la place du mort, le patron n'était pas du tout dans son assiette... « Pourtant il rumine », ironisa mon double. Si l'opération de cette nuit se soldait par un échec, ses supérieurs *hiérar-chiatiques* se feraient un plaisir de lui remonter les bretelles pour avoir parasité les Stups. Évidemment, il se calmerait les nerfs sur moi.

Une R18 break dans mon rétro.

Était-ce la voiture chargée de l'enlèvement des citadins encombrants ?

À l'intérieur : Coste, le muet d'Euro-Plus, une autre armoire à glace, et l'incontournable rotweiler. Chaque deux-pattes portait une combinaisons de vigile agrémentée d'un écusson argenté sur la poitrine, tel le super-héros moyen de Strange.

Elle se gara en face du squat.

Huit minutes après leur arrivée, la porte s'ouvrit sur un squatter. Il jeta un coup d'œil à droite et à gauche avant d'emprunter la ruelle donnant sur le périph.

La bagnole des vigiles démarra aussitôt et roula au pas sur une trentaine de mètres. Elle grimpa sur le trottoir et freina juste devant le squatter.

— Eh ! tu veux pas faire un petit voyage au vert, ricana Coste. Il sortit avec le muet.

Le squatter brandit un P 38 et gueula :

— Quand tu veux !

Afin d'établir une étude comparative, le chauffeur exhiba aussitôt son outillage tandis que le chien débuta ses vocalises et un solo de pattes sur le carreau.

— Fais gaffe, Daniel ! gueulai-je.

Je tirai sur le chauffeur. Il s'effondra derrière son pare-brise qui ne parerait plus rien.

Le muet eut à peine le temps de faire prendre l'air à son flingue que deux inspecteurs le plaquèrent au sol.

Mais Coste en profita pour préparer les prochains J.O.

— Bouge pas !

Il répondit à ma demande pourtant très courtoise par l'envoi d'une balle en Chronopost.

Je me planquai derrière un conteneur à bouteilles et braquai mon arme vers lui.

Il galopait toujours vers le périph.

À cette distance, j'aurais pu lui en coller une dans la jambe. Je baissai mon flingue et optai pour une autre solution. Une balle de gagnée : mon seul côté économe. De toute façon, il ne pouvait pas s'en sortir.

— Jacques, tu m'entends ?

— Ouais, Nassima.

— Notre client à cueillir dans trente secondes, angle rue Plaisance et rue Avisseau.

— On y va !

Plus qu'à attendre.

Trop vite réjouie : une moto de grosse cylindrée déboucha sur le trottoir et s'arrêta. Coste n'était plus qu'à quelques mètres de son sauveur casqué.

— Merde ! m'écriai-je, impuissante.

Au moment où sa main effleura la selle de la moto prête à s'enfiler les extérieurs, un pied qui traînait dans le coin interrompit sa course... Et il fit un petit vol plané pour se retrouver le nez dans la roue d'un V.T.T.

Le propriétaire du pied, François, braquait son arme sur la tête de Coste enrayonnée.

Le motard se rappela tout à coup avoir oublié une casserole sur le feu.

Un quart d'heure après son fameux croche-pied, François s'installa aux commandes du nouveau micro-ordinateur du commissariat.

— On commence l'interview, proposai-je à Coste.

Il me jeta un regard méprisant.

— Vous n'avez rien contre nous.

— À propos, fis-je, je vais te présenter quelqu'un...

Daniel ouvrit la porte et dit :

— Tu peux rentrer.

Je tapai sur l'épaule de Coste et lui demandai :

— Tu reconnais ce jeune homme ?

— Abolument pas.

— Et toi, Manu, tu reconnais ce monsieur ?

Il hésita avant de marmonner :

— Ouais.

— Tu peux lui rappeler ce qu'il t'a fait ?

— Il m'a enlevé du squat... Euh... Ils m'ont embarqué dans un camion dans une ferme dans le Lot. Et... Ils ont buté Sam...

— Connais pas de Sam, l'interrompit sèchement Coste.

— Dans le domaine des Maurilles, reprit Manu après que je l'y ai encouragé d'un signe de tête, y a un

235

tas de mecs qui bossent plus de douze heures par jour à la terre, à traire des vaches, à charger des camions, à transformer et préparer des produits pour des super-marchés bios... Ils les tiennent avec des médocs.

Coste éclata d'un rire nerveux.

— Pfff... Personne n'ira croire un tox.

— Peut-être, reconnus-je, mais la perquisition de Bio-Développement et de vos petits centres de rééducation va largement nous éclairer. Et puis, au fait, les carnets du prof Sablanc sont très à jour, conclus-je en les posant devant lui.

Ses yeux balancèrent des roquettes comme si j'avais accompli le pire des sacrilèges.

Il tendit la main pour s'en emparer mais Daniel lui broya le poignet.

— Bouge pas, Coste ! grogna-il.

Coste baissa alors la tête en relâchant une bonne dose d'air de ses poumons. Hébété. Il fixa le sol du commissariat comme s'il contemplait une œuvre conceptuelle.

— Il faut sauver la planète ! s'écria-t-il sans lever le nez du lino. Il le faut !

Il se tut et s'essora les mains.

— Des gens comme celui-là sont néfastes pour l'humanité, reprit-il, son index pointé sur Manu qui se ratatinait sur son siège. À cause d'eux, Sylvie n'a jamais pu... jamais pu me donner son corps. C'est des camés comme lui qui l'ont violée.

Charitable, je me retins de lui indiquer que sa petite sainte s'envoyait en l'air depuis deux jours avec son patron dans une charmante maison au bord d'une rivière. Avant qu'un paquet d'inspecteurs n'investisse leur petit nid douillet...

Il s'humecta les lèvres et continua :

— Grâce à nous, la France redeviendra une patrie

équilibrée, une patrie tenant compte de son environnement... Tous les êtres qui se polluent avec de la drogue,
des cigarettes, de l'alcool, n'encombreront plus les
hôpitaux... et tout cet argent pourra être investi dans
des activités plus essentielles... dans des écoles, des
maternités, des parcs. L'avenir est à l'harmonie... avec
le cosmos. Nos villes ne peuvent plus subir l'invasion
de camés, de mendiants imbibés d'alcool qui embou-
teillent nos trottoirs... Ces épluchures de la société
moderne ! Il faut purifier nos villes. Nous voulons une
vie où la terre décontaminée donnera le meilleur
d'elle-même, un monde où la nature soit...

Durant une bonne dizaine de minutes, il débita son
discours incohérent mêlé de psychologie, d'écologie,
d'économie, de politique : une phraséologie apprise par
cœur. Parfois, il s'arrêtait au milieu d'un mot comme
un comédien ne trouvant plus son texte. Pendant ces
trous de mémoire, une grimace tordait ses lèvres, et ses
yeux injectés de sang reflétaient toute la mégalo et
folie qui bouillonnaient sous sa marmite. Agrémentées
d'un zeste de sadisme. Son discours était plus sopori-
fique que celui d'un dirigeant d'entreprise noyant le
cadre dans l'eau avant d'annoncer une charrette de
licenciements. Il versait un nombre incroyable d'ismes
dans un shaker, agitait, et, tel un prêcheur devant son
auditoire, nous servait son cocktail indigeste. Une
recette Sablanc. Nous eûmes même l'insigne privilège
d'assister à un véritable cours magistral sur l'agriculture biologique, un cours où il ne cessait de faire réfé-
rence aux travaux de Sablanc.

La voix de son maître...

Un sourire fugace rythmait de temps en temps sa
croisade pour un monde meilleur. Il nous considérait
comme de simples naïfs se trompant de route. Sans
véritable haine. Ce type se sentait investi d'une mis-

sion : convaincre tous les ignorants qui ne se rendaient pas compte que le bonheur était à portée de leurs mains... dans leurs assiettes.

« Il est vraiment bargeot », me chuchota Daniel dans l'oreille avant d'aller nous ravitailler en café.

— Combien de squatters et de SDF enlevés ? interrompis-je la thèse de Coste sur l'état du monde.

Je calai une cigarette entre mes lèvres.

— Vous pourriez éviter de fumer, se plaignit-il, nous sommes dans un endroit public.

François ne put réprimer un imperceptible mouvement de tête approbateur. Tandis que le patron, assis légèrement à l'écart, désolé pour le clan des fumeurs mais respectueux de la loi, haussa les épaules avec un air impuissant.

Je rengainai mon attirail.

— Combien vous en avez enlevé ? aboyai-je avec toute la rage de ma frustration de nicotine.

— Environ deux cent cinquante.

Deux cent cinquante ! Qui dit plus ? Personne...

J'échangeai un regard effaré avec le patron. Il fronça les sourcils et toussota discrètement dans son poing, interloqué par ce chiffre.

— Mais il ne faut pas croire que nous nous occupions mal d'eux, ajouta Coste. Nos médecins naturopathes veillaient à leur santé. Bien sûr, certains sont morts... du sida. Ceux-là, nous ne pouvions les dépolluer...

Son cerveau ne secrétait plus de bouffées délirantes mais un véritable brouillard.

— Combien sont morts ?

Il réfléchit avant de me répondre :

— Sur toute l'Europe, nous déplorons trente-neuf morts sur trois années... presque tous de maladie...

— Que faisiez-vous des cadavres ? demandai-je.

Son putain de sourire me crispait, j'avais envie de lui cogner sur la gueule.

— Nous les avons tous brûlés, expliqua-t-il comme un grand sorcier indien, et rendus à la terre comme chacun de nous devrait finir son cycle sur la planète...

La bête immonde nouvelle est arrivée...

— Mais comment personne ne s'est rendu compte de tant de disparitions ? s'écria François.

— Les squatters et les SDF, observai-je, ont déjà coupé avec leur famille. Personne ne s'inquiète de leur absence.

— Ils ont trouvé une vraie famille avec nous, protesta Coste avec conviction. Grâce à nous, leur déchéance cessait... Au moins avec nous, ils ne crèvent pas de froid sur les trottoirs. Et ils ne se sentent plus du tout exclus et œuvrent pour le bien général. La plupart sont d'ailleurs satisfaits de travailler avec nous et...

Je l'interrompis :

— Que faisiez-vous de l'argent de vos exploitations agricoles et de votre supermarché ?

— Nous le réinvestissions aussitôt. Nous avions commencé à ouvrir plusieurs petites supérettes BD. Il fallait développer notre réseau. Créer des centres de formation, avec une dynamique plus efficace pour convaincre une population beaucoup plus large que celle fréquentant habituellement nos surfaces de vente.

Il se tut et jeta un coup d'œil circulaire pour vérifier l'attention de son auditoire.

— Le professeur Sablanc organise des conférences dans toute l'Europe, reprit-il avec une grande vénération. Des conférences pour expliquer notre nouvelle conception de l'homme, de son alimentation et...

Il fournissait inlassablement tous les détails concernant l'ensemble de leurs activités comme un homme politique qui ne veut pas décoller du micro. Il devait vouloir jouer à imiter Sablanc en conférence. Il suffisait d'ouvrir les oreilles et de puiser à l'intérieur de son délire Sans même nous laisser le temps de mettre le couvert, il était passé à table. Et quel coup de fourchette ! Meilleur appétit que celui de Sablanc et Merle.

Tous deux avaient refusé de répondre à nos inspecteurs venus interrompre leurs ébats. Sablanc avait mis aussitôt en avant ses relations et, après s'être rendu compte que son bras long ne faisait pas bouger nos hommes d'un petit doigt, il les avait menacés d'un vidage collectif avant de terminer par de banales insultes. Tandis que sa chère compagne avait testé la résistance de ses ongles sur un officier de police. Pas « main dans la main » comme dans la chanson, mais menottés, ils rentraient ensemble dans un confortable diesel du commissariat. Ils ne devaient d'ailleurs pas tarder. Pas plus d'une heure.

Encore une nuit blanche en perspective...

Les informations de Coste couplées aux documents saisis chez Sablanc, au siège social de Bio-Développement, et au domicile de Merle, allaient mettre beaucoup de temps à être digérés par l'estomac de la justice.

Et les experts psychiatres qui ne manqueraient pas de se pencher sur le cas de Sablanc, le messie Bio, allaient avoir du pain (complet) sur son inconscient.

— Mais pourquoi descendre Legoux et Dasilva ?

— Ils étaient redevenus alcooliques et trafiquaient. Pourtant nous les avions aidés à se sevrer, à cesser d'être des épaves, à avoir une vie saine et équilibrée... me répondit-il, presque sur un air désolé d'avoir échoué dans sa tentative. Ils étaient redevenus de petites brutes avinées, égoïstes, ne songeant qu'à l'appât du gain. Ils avaient failli tout faire capoter avec leur chantage à Maury... Il n'était pas mécontent qu'on les élimine.

240

— Vous le teniez grâce à sa petite manie depuis combien de temps ? demanda François.

— Depuis plus de trois ans, répondit Coste sans hésiter. Sa boîte était quasiment à nous...

— Tous les vigiles ? demandai-je.

— Une bonne partie des quarante-cinq vigiles est membre de notre organisation. Nous avons licencié peu à peu tout le personnel qui aurait pu nous mettre des bâtons dans les roues.

— Et la partie administrative ? demanda François.

Coste toussota et dit :

— Maury signait sans regarder. L'argent pour créer Bio-Développement provenait entièrement d'Euro-Plus. C'est Sylvie qui avait découvert par hasard, en faisant le ménage dans le bureau de Maury, une cassette vidéo... cet immonde personnage baisait des chiens morts et stockaient ses séances sur des vidéos. Sylvie le tenait. Et c'est elle qui a eu cette idée géniale de se servir d'Euro-Plus comme base et recruter des squatters, des SDF, pour dynamiser Bio-Développement et nous permettre...

— Une main-d'œuvre gratuite, dit François.

— Et le meurtre de Maury ? demandai-je.

— Quand vous avez commencé à fouiner, nous avons été obligés de nous débarrasser de lui...

— Après un très très gros virement pour le compte de Bio-Développement, rafraîchissai-je sa mémoire.

— Il fallait lâcher Euro-Plus... Ça devenait trop risqué.

— Et camoufler tout ça en trafic de drogue, dis-je, pour éviter de porter les soupçons sur votre petite entreprise... « Qui connaît la crise maintenant », ajouta mon double.

Coste se fendit d'un sourire conquérant.

— Un jour, l'opinion française nous remerciera.

57

1ᵉʳ décembre 1994, Paris.

Un bout de papier froissé à la main, Manu composa un numéro. Les traits tirés de son visage accentuaient sa maigreur. Ses yeux fatigués se posèrent sur la vitrine d'une boulangerie décorée pour Noël. Il raccrocha à la première sonnerie et sortit de la cabine.

Il traîna une petite heure dans les rues, fuma un pétard sous un porche en regardant les gens courir sous une pluie battante pour rejoindre leur bureau.

Lorsque la pluie se calma un peu, il traversa l'avenue et poussa la porte d'un bistrot.

— Qu'est-ce que tu veux ? beugla le moustachu derrière le comptoir, pas très heureux de l'intrusion de Manu.

— Un demi et un café.

Après sa deuxième bière, Manu descendit pisser. Et tirer sur la fin de son pétard.

Après s'être lavé les mains au lavabo, il se regarda dans le miroir et aperçut la cabine téléphonique.

Un grand black avec une barbichette grisonnante déboula de la cuisine et décrocha le téléphone. Il attendit un bon moment avant de raccrocher avec un

242

geste de colère. Et il retourna en renâclant à ses four-
neaux.

— Allô !

— Allô, c'est moi.

Silence.

— C'est qui ?

— Manu ?

— ... Qu'est-ce que tu veux ?

— ...

Il se mit à filer des petits coups de pied nerveux
contre la porte. Comme s'il venait juste de se rendre
compte de ce qu'il était en train de faire. « Putain !
Pourquoi je l'appelle, ce blaireau ? ! », se demanda-t-il,
et il donna un violent coup de poing contre l'appareil
téléphonique.

Incapable de raccrocher... ou de décrocher un mot.

— Tu appelles d'où ? finit par demander Gérard
une ou deux unités plus tard.

Il se frotta les paupières.

— De Paris.

Il posa les yeux sur le mur très graffité. Et il s'amusa
à déchiffrer les dégueulis verbaux classiques qui
ornaient les murs de l'étroite cabine. « MANGE TA
GRAND-MÈRE ! » le fit sourire.

— Tu es retombé ?

— Non.

— C'est bien, lâcha Gérard.

Il marmonna :

— Ouais.

— Tu m'appelles pourquoi ?

— Euh... Comme ça...

Une unité de moins.

— Bon, ben, Gérard, je vais te laisser...

— Qu'est-ce que tu vas faire maintenant ?

Manu haussa les épaules.

— J'sais pas.

Gérard se racla plusieurs fois la gorge.

— ...

Plus que trois unités...

Manu bredouilla à l'avant-dernière :

— Vous avez toujours besoin de quelqu'un au musée ?

ÉPILOGUE

— Pour se taper un couscous un autre jour que le dimanche, blagua Rachid, il faut se faire taper dessus.

Il portait encore des traces du tabassage sur son visage. La plus impressionnante était l'arcade avec cinq points de suture. Il semblait néanmoins en forme, souriant. Et l'esprit alerte, vu la cadence infernale de livraison de ses jeux de mots.

La famille était au grand complet dans l'appart de Ima Benarous. Soudée contre le monde entier. Sans négliger pour autant les querelles en apéro.

Et dans le rôle de l'invité surprise : François vêtu d'un costard encore plus ringard que pour le boulot.

— Alors, François, dis-je en lui filant un petit coup de coude, ça change du cassoulet.

— Fais gaffe, renchérit Rachid, c'est un étouffe-chrétien.

Avec un petit sourire amusé, j'observai François qui aspirait des yeux Soraya. Il bavait presque... C'est vrai que la frangine s'était mise sur son trente-et-un. Son body noir et son jean moulant assuraient parfaitement la promotion de ses formes, surtout de sa poitrine. Et sa nouvelle coupe en épi lui donnait un petit air d'ado-

245

lescente frondeuse. Elle laissait aussi souvent traîner
son regard sur mon collègue.

Josiane allait se faire doubler...

Karim désigna un sac Mammouth sur la commode
de l'entrée et demanda :

— C'est quoi, ça ?

— C'est un magnéto pour gamin, répondis-je.

Rachid fit tinter sa cuillère contre son verre.

— Je vous avais bien dit que la frangine avait des
enfants dans tous les ports.

— Arrête tes conneries, Rachid ! C'est pour un
gamin que j'ai rencontré pendant l'enquête. Le sien est
foutu.

— Tu casses les jouets des enfants, maintenant !
grommela Soraya. Belle mentalité dans la police française. Elle se tourna vers François et le fusilla du
regard avant de lui balancer : « Toi aussi, tu casses les
jouets des enfants ! »

— Euh...

Les souliers de Francois avaient soudain rétréci.

— T'en fais pas, le rassurai-je, la frangine plaisante
toujours avec un ton de reproche.

— N'importe quoi, rougit-elle.

Karim sortit le magnéto du sac.

— C'est quoi, la cassette dedans ? demanda Fatima,
intriguée.

— À ton avis ?

Elle haussa les épaules.

— J'en sais rien moi... C'est pour un môme de quel
âge ?

— Six ans, répondis-je.

— Pierre et le Loup ?

— Non.

— Y a des piles ?

— Ouais.

Elle appuya sur play.

SÉRIE NOIRE

Dernières parutions :

Composition Nord Compo, Lille.
Reproduit et achevé d'imprimer sur Roto-Page
par l'Imprimerie Floch à Mayenne
le 23 janvier 1998.
Dépôt légal : janvier 1998.
Numéro d'imprimeur : 42999.
ISBN 2-07-049762-3 / Imprimé en France.